船手奉行うたかた日記

いのちの絆

井川香四郎

幻冬舎時代小説文庫

船手奉行うたかた日記

いのちの絆

目次

第一話　波の花

一

初出仕に初時雨《しぐれ》とは洒落《しゃれ》にならない。

子供の頃から、おまえは生まれた時から雨男だと、二親《ふたおや》にからかわれていた。産婆に取り上げられた日も雨だったという。自分で思い出すだけでも、花見や潮干狩りなど行楽《こうらく》に出かけた日は、いつも雨だった。

「――初しぐれ猿も小蓑をほしげなり」

早乙女《さおとめ》薙左《なぎさ》は、芭蕉の句を口ずさんでから番傘を開いた。

晴れたり降ったり、時雨はまさに気まぐれな女のように変わる。閑寂《かんじゃく》な銀の筋の遠く向こうの空が、微《かす》かに明るいのが救いだった。

小名木《おなぎ》川扇橋の拝領屋敷から、鉄砲洲の船手奉行所まで、まっすぐ行けば十町程しかないが、永代橋を渡り、徳川御一門の松平備前守の屋敷をぐるりと遠回りして、稲荷《いなり》橋を越えて役所まで行くのに半里はかかる。急ぎの役目ならば舟を使って直《じか》に向かうこともできるが、出仕は徒歩が原則だった。

しかも、初めてのお勤めである。出仕刻限には絶対に遅れぬよう、まだ薄暗いうちから屋敷を出た。独身《ひとりみ》で、二親もとうに他界しているから、見送る者もいない。親戚の者に援助されて、なんとか父親の跡を継いで、船手奉行《ふなてぶぎょう》勤めの同心になることができたが、見習いは北町奉行所にて行われたため、船手番や川船改方について詳細に叩き込まれた訳ではない。

もちろん、船手奉行所は老中直属で、町奉行所とは独立した役所で、元々は若年寄支配の船手頭《ふなてがしら》と勘定奉行支配の川船奉行が合体をしたものだから、三奉行には入っていない。

しかし、百万の民が暮らす江戸は日本で一番の湊町《みなとまち》でもある。船手奉行は重要な役目であった。

『日本永代蔵』には、大坂のことを、

〝日本一の津なればこそ、一刻の間に五万貫目のたてり商いもあることなり〟

と書かれているが、天下の台所の何倍もの物資が江戸には集中していた。

さらに江戸湾や隅田川、江戸川、荒川、そして江戸市中に網の目のように広がっている堀割などの水路を往来する船が増えるに従って、海や河川に纏《まつ》わる事件や事故が増え続けた。

江戸市中は町奉行の管轄ではあるが、いわば水際に関しては船手奉行が預かっていたのである。今で言えば、水上警察であろうか。

「よし。今日から、毎日、けっぱるぞ」

薙左は己を鼓舞《こぶ》するように、寒さの染み入る頬をパンパンと叩きながら、時雨の中を大股で歩いた。けっぱるぞ、というのは、薙左の父親が何事につけても発していた、頑張るぞという気合の言葉である。

永代橋は深川佐賀町から日本橋北新堀町まで、幅三間《けん》一尺五寸で百十間余りもある御府内一の大橋である。橋の上からは、富士山、伊豆箱根から、安房、上総をぐるりと見回して筑波山と絶景が眺められるはずだが、あいにくの雨でそれも叶《かな》わなかった。

軽い吐息で番傘を持つ手を替えた時である。

橋を渡り終えた薙左の耳に、

「いやです、やめて下さい。ひゃあッ」

という女の叫び声が聞こえた。悲鳴というほどではないが、困惑している声だった。ふと橋の袂《たもと》から川面《かわも》を見やると、投網《とあみ》舟が通っているが、船頭の他に遊び人風が二人乗っていて、慌てて筵《むしろ》を被《かぶ》せて何かを隠しているように見えた。

雨足は細くなったが、薙左の所からはよく見えない。しかし、釣り舟なのに漁具がないのもおかしい。

——怪しい。

と直感した薙左は、行かねばならぬ道を折れた。

永代橋を挟むように船手奉行支配の御船手組や御舟蔵があり、橋の西詰には御船手屋敷もある。だが、まだ表門も開いておらず、橋番所の番人も悲鳴には気づいていないようだった。

薙左は番所脇の豊海橋を駆け抜けて、越前堀河岸《がし》を小走りで投網舟を追ったが、次第に沖へ沖へと舳先《へさき》を変えた。川舟が沖合に出ると、思わぬ横波に倒されることもある。

静かな雨が降るくらいだから風はなくて安心だが、薙左にはさっき聞いた女の声が耳の奥に残っていた。

――このままでは見失ってしまう。

河岸《かがん》の舟止めに停泊している茶船に飛び乗って櫓《ろ》を漕ぎ始めた。茶船とは川船のひとつの形態であり、荷足舟、猪牙舟《ちょきぶね》、投網舟など用途によって様々な呼び方があった。

櫓は思いのほか重い。舟の推進具には、帆走、櫓、櫂《かい》、竿などがあるが、海に出るものは大抵が帆と櫓の併用である。薙左が拝借した舟にも小さな帆がついていたが、帆柱を立てるとかえって危ない。今の潮の流れから見ても、櫓を漕いで追うのが妥当であった。

投網舟は隅田川河口から、人足寄場のある石川島や佃煮《つくだに》の発祥地の佃島の方へ向かい、やがて島の南角にある漁師町の船溜まりに至った。

ここまで来ると、隅田川から見る江戸湾の景色とはまた格別に違う。実に、荒々しく大きな海原に感じるのだ。海風も強くなる。川船などはまさに一枚の落ち葉のようだった。

佃島は寛永年間、摂津国佃村の漁師たちが、ここ鉄砲洲沖の干潟を与えられたことから、漁師村が起こったことに始まる。百間四方の小さな島だが、ここで獲《と》れる白魚は天下一と言われ、将軍家にも献上されている。

しかし、この島へは、鉄砲洲の船松町からの渡し舟の往来しか許されておらず、他の海路や水路を勝手に使うことはできない。にもかかわらず、早朝、人目を忍ぶように投網舟を装った者が訪れるのは、いかにも怪しい。

漁師町の一角、船着場の目の前に、『漁火《いさりび》』という赤提灯《あかちょうちん》があった。

何年もの海風に晒《さら》されて来たような、掘っ建て小屋の一膳飯屋だ。早朝にもかかわらず軒提灯を出し、縄暖簾《なわのれん》を下げているのは、夜の漁や未明に出た漁師が帰港した時に、〝ぬくめ酒〟を飲ませるためである。燗酒よりも、もっと胃臓に染みわたる優しい酒である。

「おう。遅かったじゃねえか」

店の出入り口の鴨居《かもい》から、足元に垂れるほどの長い暖簾を分けて、目のぎょろりとした背の高い男が首をもたげるようにして出て来た。この店の主人のようだ。

「源五、小兵太。ぬかりはねえだろうな」

主人が低く声をかけると、すぐ店の前の船着場に横付けにした投網舟から、飛び降りた遊び人風二人は腰を屈《かが》めて挨拶をした。が、すぐにきまりの悪そうな顔になって、

「途中で一人、川に飛び降りやして……随分、探したんですが、見失いやした。水は冷てえ

し、体の弱い娘でしたから、溺《おぼ》れ死んだと思いやす」

と太い腕をした屈強な源五が答えると、小柄ながら胸板の厚い小兵太が、これまた恐縮して頭を掻《か》いた。

「ばかやろう……」

主人はやはり低い声で叱ったものの、しょうがねえなと呟《つぶや》いて、獲物を中に入れるように顎《あご》でコナした。

小兵太が筵をめくると、子兎のように震えている娘が二人、お互いに抱き合っている。千住の先あたりの村娘で、食うに困った親から、半ば強引に金で買ってきたのだろう。年の頃は、まだ十四、五の生娘《きむすめ》であろうか。二人とも頬が赤く、悲嘆と不安に眉を寄せている。

まるで犬猫でも扱うように、小兵太は娘たちを『漁火』の店内に連れ込んだ。

中の狭苦しい土間に、三つばかり逆さにした酒樽があるだけの殺風景な店だ。間仕切りの奥に煮炊きをする釜や竈《かまど》が見える。主人一人がやっと入れる厨房になっていた。

料理は大したものは置いていない。江戸前の鱚《きす》や鯊《はぜ》、穴子のほかには、名物の佃煮と浅蜊《あさり》と揚げがたっぷり入った深川飯くらいのものである。それでも一仕事終えた漁師たちにとっては、家で待つカカアの飯よりも美味《うま》いらしく、立ち寄ったのはいいが長っ尻になってしまうという。

『漁火』がそういう店であることは、尾《つ》けて来た薙左も耳にしたことがあった。

——しかし、まっとうな店には見えぬ。

佃島には小さな住吉神社がある。薙左はその傍《かたわ》らの舟止めに繋《つな》いで、様子を窺《うかが》っていたのだが、怪しい奴らを目《ま》の当たりにして、「どうするか」と考える間もなく、暖簾を潜《くぐ》っていた。

長い縄暖簾が薙左の刀や足元に絡んで、危うく無様《ぶざま》に倒れそうになった。この長さは、食い逃げを防ぐためのものらしいが、薙左は出鼻を挫《くじ》かれる思いだった。

「誰でえ」

いきなり入った来た若侍を見て、源五と小兵太は鋭い目を向けて、敵意を露《あら》わにしてドスのきいた声を発した。

「あれ？　一膳飯屋じゃないのですか」

薙左はとっさに惚《とぼ》けた。蓑笠をつけたままの姿が幸いした。雨だったから、役所で着る羽織や着物が濡れては困ると思って、柿渋を塗った風呂敷に包んで抱えていたが、不審舟を追うのに乗った茶船に残して来たままだったからだ。

船手奉行同心・早乙女薙左と名乗ってもよかったが、連れ込んだはずの娘の姿が見えないので、

　──ここは知らぬ顔をして、相手を油断させた方がよさそうだ。

と瞬時に判断して、釣り帰りを装ったのである。しかし、薙左の態度がいかにもわざとらしかったのであろう。

「何者だ、てめえ」

　逆に、源五らを刺激してしまったようだ。

「カサゴ釣りをしていたのですが、どうも、うまくいかずに」

「……カサゴを？」

　店の主人が二人の遊び人を制するように前に出て来た。遠目に見ていたよりも、見上げるような大男だった。

「そう、カサゴ。夜にならなきゃ目を覚まさないからね、カサゴは。で、岩場をあちこち漁《あさ》ってたんだけど、舟の櫓が動かなくなって、ここへ流れ着いたって訳です」

「道具は……」

「激しく揺れて竿は落とすし、海に魚籠《びく》も飛んで行くし、踏んだり蹴ったりでした。ま、この身が落ちなかっただけマシですけどね」

　まだ二十歳くらいの若造だが、武士であることは帯刀していることや、風体から見て間違いない。漁師崩れのような店の主人は、丁寧な口調の薙左のことを訝《いぶか》しげに見ながらも、

「舟はどこだ」

「住吉神社の所です」

「ふ〜ん。まあ、いいだろ。鉄砲洲から渡しが来たら、帰るンだな」

「ああ。そうしたいのですが」

船手奉行所こそ、鉄砲洲にあるのだが、もちろん口には出さない。

「今し方、若い娘もいたような気がしたけど、見間違いじゃないですよね」

一瞬、源五のこめかみがピクリとなったが、店の主人は何も言うなと目配せして、

「この寒空で、しかも夜釣りとなりゃ、体が冷え切ってるだろう。お近づきの印だ。まあ一杯、やりなさいよ」

と少し嗄《しゃが》れた声で言いながら、湯に浸《つ》けてあった真鍮《しんちゅう》の酒徳利を傾けた。湯呑みに注ぐと湯気がもわっと立って、いかにも体が温《ぬく》もりそうだった。

「遠慮なく」

薙左は仕方なく受け取って飲んだ。酒はあまり強くない。いや、弱いと言ってよい。下戸《げこ》ではないが、酔う前に眠くなるのだ。

それにしても、この酒は利きすぎる。一瞬にして目の前がクラクラとなり、薙左はその場にしゃがみ込んでしまった。

二

船手奉行所は鉄砲洲稲荷に隣接し、呉服橋の北町奉行所と数寄屋橋の南町奉行所から、およそ等しい距離にある。

鉄砲洲は築地の洲を埋め立てたもので、その形が似ていたことから命名された。大筒の披露場所だったともいうが、鉄砲洲稲荷は江戸湊の重要な地点であるから、漁師たちから深く信仰されていた。境内《けいだい》には富士山の溶岩で造った富士塚があり、これまた信仰の対象となっていた。

その富士塚が見える位置に、船手奉行所はあった。

長屋門の前には青々とした江戸湾が広がる。四季を通じて海風が吹き込んでくるため、朱色の門柱は色褪《いろあ》せて、しょっちゅう塗り直していた。

朱色は船の舳先などにも塗られるように、魔除《まよ》け災厄除けの意味がある。船手奉行所には門札は掲げられていないが、その朱門が目印になっていた。

だが、町奉行所のように、奉行の私邸は兼ねていない。

船手奉行の戸田《とだ》泰全《たいぜん》は旗本だが、家禄わずか二百石の下級旗本である。少ない家禄ゆえに、役職手当てをつけるためだけの役目だから、決められた日のほかは屋敷から出向いてくることはないのだが、戸田はよほど暇なのか、デップリとした体を鍛えるためか、毎日、顔を出していた。休まず来るのは、

——部下が信頼できないから、ほったらかしにできない。

からではない。逆である。海や川で働く男たちにとっては、舟底《ふなご》の下はまさに地獄の釜のようなものだ。いつ何時《なんどき》、何が起こるか分からぬゆえ、大切な部下の命が心配なのだ。

現場は、船手番与力の加治周次郎《かじしゅうじろう》に一切を取り仕切らせていたが、今日は新任の同心が来る日だ。任命をし、激励をするために戸田も早めに到着していた。

「それにしても遅いではないか」

門脇の控えの間で、戸田が眉間《みけん》に皺《しわ》を寄せて加治に声をかけると、

「さよう……申し訳ございませぬ。昨日、北町奉行所で会って、今日は戸田様も御越しになるゆえ、きちんと申しつけていたのですが」

「そうではない。何かあったのではないのか」

と戸田は、薙左の身を案じていたのである。加治は急に自分が恥ずかしくなった。泰然自若と待ち構えていたものの、

——遅くなりやがって、あのやろう。俺に恥をかかせる気か。

という思いに囚《とら》われていたのである。だが、戸田奉行は見かけとは違って、心から、新しい部下を心配しているのだ。もちろん、戸田の懐《ふところ》の深さや心の広さは承知している。しかし、まだ一度も会ったことのない者のために、心砕くとは考えてもみなかった。

その気持ちを察したのか、

「買い被るな。私も北町の遠山《とおやま》に、奴の噂を聞いておったからだ」

と薙左の噂をした。

北町の遠山とは、遠山左衛門尉景元《さえもんのじょうかげもと》のことである。戸田とは屋敷が隣同士だし、竹馬の友である。江戸城登城の折は同じ芙蓉の間に詰めるということで、何かと人事についても耳に入って来るのであろうが、余程よい噂を聞いたとみえる。

「それにしても、お奉行。何かあったとしても小者《こもの》を使って報《しら》せるべきですし、とにかく遅れるなどとは許し難いことです」

「そう言うな。私への気遣いならば余計なことだ。中間《ちゅうげん》を使いに出せばどうだ」

「はい。もう命じておりますが……」

まだ何の連絡もない。

加治は隣室で、水主《かこ》や船手中間らと車座になって花札に夢中になっている船手奉行所同心の鮫島拓兵衛《さめじまたくべえ》を見て、

「サメさん。お奉行の前だぞ。いい加減にしとけよ」

と不満な声を洩《も》らしたが、鮫島は〃うん〃とも〃すん〃とも言わずに、花札に興じていた。元来、よく喋《しゃべ》る男である。だが、博打《ばくち》をしてる時は無口になる。上役の加治に対して、愛想のひとつも振りまかないのは、

——自分は戸田奉行に一目置かれている。

という自負があるからだ。

たしかに、水練は巧みで、素潜りも得意中の得意。その上、どんな船を操らせても、水主《かこ》より上手いくらいだ。川船に限らず、何百石もの弁才船《べざいぶね》も操舵できる船頭としての腕もあった。しかし、この賭場のような雰囲気からして、船手奉行所は〃掃き溜め〃とか〃吹き溜まり〃とか呼ばれているのが分かる。他のあらゆる奉行所では、

「船手だけは御免だ」

と敬遠されている。勤めもキツいが、同心たちの性格もキツい。まっとうな精神の持ち主では勤まらぬとの評判だ。

「だから言わんこっちゃねえ」

博打中なのに、珍しく鮫島が口を開いた。

「今日明日は大事な日だ。峠なんだ。こんな日に何も……」

好き好んで見習いを終えたばかりの同心を迎えることはない、と言いたいのだ。上役を待つのならまだしも、それこそ、まだ使いものになるかどうか分からぬ若造を、先輩連中が阿《あ》呆面《ほづら》して待たされることはないのだ。こうしている間にも、事件は進展しているやもしれぬ。

「鮫島……では、おまえだけでも、先に行ってくれぬか」

加治が頼むように言うと、

「おいおい。見殺しは御免だぜ」

「バカを言うな。誰が、おまえをそんな目に遭わせるものか。既《すで》に手の者は、いつでも出役できるよう万端整えてある」

鮫島はふうと溜息をつくと、花札を投げ出して、ゆっくりと立ち上がり、刀掛けから自分の胴田貫《どうたぬき》を摑《つか》んで、戸田に礼をした。

「うむ――」

戸田も全て心得たように頷《うなず》いて、

「カジスケ。新任同心のことは俺が対処するから、おまえたちは、やるべきことをしっかりやれや。しかしなあ、まだこの雨模様だ。無理はするんじゃないぞ」

と奉行らしくない雑駁《ざっぱく》な物言いで命じた。カジスケとは、与力の加治の渾名《あだな》である。加治は舵に通じる。まさに、船手奉行所の舵取り役だから、奉行はそう呼ぶことがあった。もっとも、機嫌がよい時だけだが。

「有り難き、お言葉です」

加治は目礼をすると立ち上がった。全身鋼《はがね》の塊《かたまり》だということは、着物の上からも分かる。一見、優男《やさおとこ》でなで肩の鮫島とは対照的ながら、

――二人とも仕事ができる。

ということは、その発する気迫から分かる。戸田奉行も頼もしく思っていた。

進展しているやもしれぬ事件とは他でもない。

抜け荷、である。

実は三月《みつき》程前、登城中の北町奉行の遠山左衛門尉が何者かに襲撃される事件があった。幸い遠山には何事もなく、供侍が腕に軽い怪我を負っただけで済んだが、江戸の治安を守る幕府重職が狙われたのだ。何事も緩みがちだった幕府内には緊張が走った。

襲撃の一団は、わずか数名だったが、いずれも逃走に用意していた川船を自ら漕いで、縦横に流れている堀割を抜け、そのまま隅田川に出て沖合に向かったという。

何人もの目撃者がいたにも拘《かか》わらず、その日は珍しく海霧が出ていたこともあって、何処《どこ》へ逃げたか特定できなかった。もちろん、佃島や深川界隈《かいわい》もつぶさに探索したが、賊の行方は杳《よう》として知れなかった。

まだ、謎はある。何故に、町奉行が襲撃されたか、である。

「これは憶測だがな……」

と船手奉行の戸田が、加治らを集めて話したのが、二月《ふたつき》程前。

「町方が抜け荷の探索を一年がかりでやっていたのだが、いよいよ、その本丸に近づいたと思える矢先の事件だったのだ」

つまり、北町奉行所では御禁制の象牙《ぞうげ》や麝香《じゃこう》などをめぐって内偵をしていたところ、〝波の花〟という異名を持つ阿片の取り引きが、江戸の何処かで秘密裡《り》に行われていると分かった。その核心に迫りそうになったので、危機感を抱《いだ》いた抜け荷一味が牽制をするために、町奉行を襲ったのではないか、と見られている。

だが逆に、幕府に牙を剝《む》くやり方は、町奉行を焚《た》きつけたも同じで、むしろ強力な探索が進められたのである。

そして、密《ひそ》かに調べていた加治周次郎が摑んだのが、品川沖に停泊している関前丸《せきぜんまる》という廻船だった。

江戸への航路は、日本海沿岸の湊から津軽海峡を経て江戸に来る「東廻り」と、隠岐《おき》、下関を経て大坂、そして江戸に来る「西廻り」とがある。また、大坂と江戸を直結する菱垣《ひがき》廻船や樽廻船があった。関前丸は西廻りのひとつである。

江戸時代、幕府は大名には五百石を超える大型の船を造ることは禁止していたが、諸国間の物流が増えたため、廻船は千石、千五百石が当たり前になっていた。

関前丸は千百石の弁才船である。外板が厚くて丈夫な船ゆえ、巨大な帆や大きな舵となったため、湊に接岸は出来ない。浦賀を経て江戸湾に入った大型船は品川沖で停泊し、多くの艀《はしけ》で荷の揚げ下ろしをするのである。

その関前丸が、阿片密売の根城になっているというのは九分九厘《りん》間違いない。他にご禁制を破っている節もあるし、時に人身売買も行われているとの報せも入っていた。

関前丸は二日前に入港したばかりだが、四、五日停泊して航海に出る。その間に動かぬ証を摑んで取り押さえねば、また何ヶ月も来航を待たねばならぬ。ゆえに、船手奉行所では千載一遇の機会を捉《とら》えて踏み込む段取りになっていたのである。

しかし、船手奉行所は、与力を筆頭に、同心は、新任を入れてわずか五名。そのうち二名は、川船改めのため常に市中の舟番小屋などを巡回しており、特殊な事件を扱う与力同心は、加治周次郎ら三名に過ぎない。もちろん、水主や中間、捕り物については捕方や岡っ引が数十人出張《でば》って来るが、決して余裕のある態勢ではなかった。

もっとも船に纏わる事件では、町方の捕り物のようにドッと踏み込んで、力任せに取り押さえることはまずない。事件の本丸、つまり、舵取り船頭さえ縛ってしまえば片付く。

船手奉行所の朱門を出た加治周次郎と鮫島拓兵衛の顔には、これから飛び込む荒海を思わせるような、雨まじりの海風が強く打ちつけていた。

三

脳髄が痺《しび》れるような痛みに目が覚めた薙左は、一瞬、自分が何処にいるのか分からなかった。

ポタポタという水の音、そして櫓が軋《きし》むような音がすぐ近くでしている。耳を澄ませば、波の音、風の音、そして海鳥が鳴く声も聞こえる。

海鳥という奴らは、人の暮らしというのをよく見ている。何処の屋敷が大将で、何処が家来か。そして、食べ物は何処が裕福で、何処が不味《まず》いか。猿よりも賢いのではないかとさえ思える。いつも人間の頭の上から見ているから当然かもしれぬ。

薙左は幼い頃、ある浜辺でカモメの雛が迷子になっているのを見つけて、なぜかうちに持ち帰ろうとした。だが、それは迷子ではなく、親鳥が飛ぶ鍛錬をさせていたのだ。そうとは知らぬ薙左が、雛を掌《て》に摑んだ途端、親鳥だけではなく、仲間の鳥たちが何十羽も奇声を上げながら、猛烈な早さで低空飛行をして攻撃して来たのだ。

思わず雛を摑んだまま逃げたが、何処までも追いかけて来る。たまらず猟師小屋に飛び込んだ薙左だが、次々とカモメの群が猟師小屋の上空に集まり、屋根や窓の所まで襲って来て恐《こわ》かったことを覚えている。

その時、小屋の片隅で小さくなっていたが、今の姿勢がまさしくそうだった。腕を後ろ手に縛られている。ゆったり床が前後左右に傾いている。どうやら、船底のようだ。

大葛籠《つづら》の中に入れられていたが、体を激しく揺すると、ごろんと横転して蓋が開いた。

薙左は芋虫のように這《は》い出すと、薄暗いけれど、船の水押《みよし》の辺りだということが形状で分かった。船の先頭部である。根棚《かじき》と呼ばれる棚板はかなり丈夫なものを使っているようだ。おそらく千石ほどの弁才船であろうが、これほど重くて大きな船ならば、頑丈な棚板や船底にあたる中棚は当然であろう。浸水を防ぐ槙皮《まきはだ》もしっかりしているとみえる。

表車立という倒した帆柱を受ける所があるのだが、そのすぐ近くに〝窓〟と呼ばれる板蓋があって、そこから船底の船室に至る短い階段がある。薙左の所からそれが見えるということは、艫先の船底であることは間違いない。

波の音に混じって、碇《いかり》を引き上げる音が聞こえる。

「――まさか、船出するのか？」

薙左は急に不安に駆られたが、出鱈目《でたらめ》に腕を動かしていると縄が緩んだ。強引に引いて指先で掻いていると、徐々に縄に遊びが出来て、ようやく解《ほど》けた。

体が自由になると、冷静に物事も考えられるようになる。

船底にいるため、昼か夜かも分からない。いずれにせよ、佃島の一膳飯屋『漁火』で、主人にふるまわれた酒を飲んだ途端、気が遠くなった。一服盛られていたに違いない。そして、そこから沖の船に運ばれた。

「何のためにだ？」

薙左は不思議な思いに囚われた。もし、殺すのであれば、その場で殺してもよさそうだが、遺体の処理に困るから沖合で殺して捨てる気なのであろうか。

それにしても、薙左が何か奴らの悪事を摑んだ訳ではない。身売りされたであろう娘を見かけて追尾したのは確かだが、そのことだけで殺されるのも間尺に合わぬ。

いずれにせよ、命拾いしたのは確かだ。船のことなら多少は知っている。船内で人の言えぬような悪さをしているなら、

「この俺が捕まえてやる」

といきり立った。薙左は出仕途中だということはすっかり忘れて、何としても人買いに連れて来られた娘二人を助け出すという、正義の一念のみが頭の中を占めていた。

手探りで階段を登り、外の甲板に出ようとしたが、ざわざわと人の声が聞こえた。薙左は

一旦、船底に戻り、俵荷の陰に隠れた。だが、誰も入って来る気配はない。

この上は丁度、〝五尺〟という取り外しできる舷側材がある所だ。荷物の積み出しに便利なように出来ており、空船の時ははずしておくものだ。

「これだけの船なら、船乗りは……十五、六人というところか」

昔の千石船なら、二十数人の水主が必要だったが、天保の世の弁才船は、艫屋倉《ともやぐら》の中に仕掛けの轆轤《ろくろ》があって、帆の上げ下げ、碇や重い荷物の揚げ下ろしには、さほど手数がいらぬように改良されていた。

「相手は十五人、か……とんだ初出仕になってしまったが、娘さらいを捕縛したとなれば、お奉行からもお叱りは受けないだろう」

薙左の頭にはちらりと手柄のことも浮かんだ。闇の中でしばらく様子を窺《うかが》っていたが、気配が消えてから、そっと〝窓〟を押し上げて、表を覗き見た。

雨足が強くなっている。風までが出て来ていた。

一瞬にして、しょっぱい海風が吹き込んできたので、薙左は思わず〝窓〟を閉めたが、その音に水主の一人が気づいたようで、舳先から慌てて駆けつけて来た。

水主はぐいっと力任せに〝窓〟を引き開けると、

「こらッ。おまえは誰だ。こんな所で何をしてる、こらッ」

と北国訛《なま》りで怒鳴られた。どうやら、相手は薙左が船底にいたことを知らなかったようだ。引きずり出された薙左は、まるで悪戯《いたずら》をして叱られる子供のように、

「――すみません」

と謝ったが、水主は釈然としない顔で胸ぐらを押さえながら、

「何をしてると聞いてんだ」

「あっ、痛い痛い。こっちが聞きたいくらいです。どうして、俺がこんな所に押し込められなきゃいけないいんですか」

「なんだと？　訳の分からぬことをグジャグジャと……」

さすがに水主だけあって腕っ節は強い。だが、薙左は小野派一刀流の剣術と関口流柔術を子供の頃から嗜《たしな》んでいる。どんな大男でも倒す術《すべ》は心得ていた。力任せでは無理である。体を虚にすることで、相手が勝手に転げてくれるのである。

薙左はすうっと右足を引きながら、相手が摑んでいる両腕の間に手刀を差し込んで、捻《ひね》るような格好をした。途端、水主の肘《ひじ》が浮いて脇が甘くなり、膝《ひざ》が崩れた。

ほんの一瞬のことだったから、水主自身も何が起こったか分からないくらいだった。キョトンとした顔で見上げるのへ、薙左が逆に馬乗りのような格好になって、

「娘はどこに隠した。教えろ」

と迫ったが、水主は何のことだと惚けるだけだった。懸命に押し上げようとする腕を、薙左はもう一度、ねじ上げて、

「いい加減に白状しないと、肘が捻れて折れることになるぞ。腕がなきゃ水主の勤めができないのではないか？」

「は、放せッ……」

喘《あえ》ぐように振り切ろうとしたが、馬乗りになられては、さしもの怪力も容易には薙左をぶっ飛ばすことはできなかった。しかし、揺れる船体の上に、雨で甲板が滑りやすくなっている。履き物はどこに行ったか分からず、足袋《たび》のままの薙左は、腰を低くして体勢を崩さないようにするのがやっとだった。

その背後に、別の水主が立った。

「た、助けてくれ、世之助《よのすけ》ッ」

薙左が振り返ると、背丈は低いが、これまた肩の肉がもっこり盛り上がった世之助と呼ばれた水主が、今にも摑みかからんばかりの勢いで向かって来た。

とっさに避けた薙左は、相手に足払いをかけようとしたが、世之助はまるで猿《ましら》のように跳ね上がると、舳先の弥帆柱《やほばしら》を支えに鋭く蹴り返して来た。ぎりぎりにかわした薙左は思わず居合い斬りでもするように身を沈めたが、肝心の刀が腰にない。これも『漁火』で奪われた

に違いあるまい。

「ほう……初めてだぜ。俺の蹴りを避けた奴はよ」

世之助という水主が、もう一度、襲ってこようとしたところに、ぞろぞろと数人の水主が集まって来た。

その後ろには、これまた屈強な体で、熊のような髭面の男が、薙左を鋭い眼光で見下ろしている。薙左も小柄ではないが、海の猛者《もさ》どもに囲まれると華奢《きゃしゃ》に見える。

「何者だ、おまえは」

髭面の男が水主を押しのけるようにして、近づいて来た。

「おまえが、ここの船頭か」

「そうだ。熊蔵《くまぞう》だ」

「熊……ふむ。名は体を表す、だな。しかし、ここは海だ。さしずめ鯨《くじら》か鮫だろ」

「減らず口を叩くと、海に放り込むぞ」

「冗談じゃないぞ。俺は縛られた上に、船底に閉じ込められていたんだ。こっちが訳を聞きたい。佃島の漁火……分かるな」

「…………」

熊蔵の表情から見るに、その名は知っており、恐らく仲間であろうことも察せられる。だ

が、一切、口には出さず、

「何者だと聞いている」

と苛立《いらだ》った目を向けた。恐らく船頭以外の者たちは、縛りつけた薙左を隠していたのを知らないのかもしれぬ。だから、わざと誰何《すいか》しているのだ。ということは、娘を連れ込んで、どこか遠くの国へ売り飛ばすことも、船頭だけの悪事であり、水主たちには関わりないとも考えられる。

そう勘繰った薙左は帆柱に刻まれた船名をちらりと見て、臨機応変に答えた。

「実はな、熊蔵とやら。俺は前々から、この関前丸が面白いと聞いておってな、こっそり遊びに来たのだ」

とわざと悪びれた口調で言った。

「遊びに、だと？」

「さよう。陸《おか》ではできない色々な遊びがな。町方がうるさくて、博打ひとつできぬからな。酒池肉林もあったりして、うはは。楽しそうだな」

薙左が嘘をついていることは、熊蔵は承知している。だが、水主たちの手前もあるのであろう。曖昧《あいまい》に頷くと、

「こっちへ来い」

と屋倉の方へ招こうとした。見たところ、船の長さは五十尺、幅は二十五尺、深さは八尺五寸というところか。

「おいおい。屋倉に行ったはいいが、轆轤の身縄で首でも縛るンじゃないだろうな」

「――船のことを少しは知ってるのか？」

「船や海は子供の頃から好きでな。言っただろ？　この船が面白いと聞いたから来たんだ。楽しいことがないなら帰らせて貰う」

　薙左は少し悪戯そうな目になって、熊蔵に迫った。

「実は取り引きに来た」

「なんだと？」

「水主の皆は知らないようだが、熊蔵、おまえは……実は、お上《かみ》に睨《にら》まれてる奴だ」

「………」

　熊蔵は黙って聞いていた。

「大きな声じゃ言えぬが、俺は公儀隠密だ」

「ふん。己で名乗る奴がいるものか」

「そんなことはない。公儀の目付役とは言ってもな、役料はたかが知れているのだ。俺だって、この若さだ。一生、御家人《ごけにん》暮らしで、貧乏人のくせに片意地を張ったような役人暮らしは御免でな。だから、おまえたちと繋がりのある『漁火』を頼ったんだよ」

薙左は鎌を掛けるつもりで出鱈目を話したが、熊蔵の方もそれを承知していながら、

「なるほど。『漁火』を、な」

「源五と小兵太……奴らには色々と面倒をかけてしまったがな」

と『漁火』の主人が呼んでいた名を思い出して知ったかぶりをし、「俺も仲間に入れて貰おうと思ってよ。ほら、こうして縄まで自分で解いたんだ。そこの力持ちの水主も、屁で倒した。分かるだろ？」

「…………」

「その代わり、お上の動きは隈無《くまな》く教えてやるよ。どうだい……お互いに良い話だと思うんだがな」

熊蔵はしばらく見つめていたが、

「いいだろう。世之助」

と先程の蹴りを自慢していた水主を振り向いて、毒気のある声で言った。

「こいつを見張ってろ。話はおいおい、つけてやる。逃がすなよ」

そう言うと、熊蔵は薙左の足首に錘《おもり》のついた足枷《あしかせ》をつけさせた。

「おい……」

薙左が不安げな顔になるのへ、

「本当の仲間にするかどうかは、沖へ出てから決める。まだ、一仕事残っているのでな。それまで待ってろ」

「信用しないのか」

「生まれつき疑い深くてな。名前くらい聞いておこうか」

「俺か？　俺は……海原波之介《うなばらなみのすけ》だ」

「そうかい。大層な立派な名だな。若造」

熊蔵は下卑た笑いを浮かべた。それこそ海千山千のあらくれと渡り合ってきたのであろう、肝の据わった声でポンと肩を叩いた。

――しまった……ちょっと勇み足だったか。

薙左が悔やんだように足枷を見つめるのを、世之助は底意地の悪そうな目で、じっと睨みつけていた。

四

薙左は、屋倉下の挟《はさみ》の間に置かれていた。

屋倉とは船の梁《はり》と梁の間にある、いわば船室のことで、帆柱の両側が挟の間で、船頭の部屋や「世事《せいじ》の間」と呼ばれる炊事場などに分かれていた。

薙左は炊事場の隣の狭い部屋に置かれていたが、さっきまでの船底よりは随分ましで、温かい飯も与えられて、足枷があることと世之助の監視の目があること以外に不自由はなかった。

船中だから、冷や飯しか食えないと思ったが大間違いで、温かな握り飯の他に、鯛の刺身、浜焼き、味噌漬けなどの鯛づくしが贅沢に盛られていた。船の旅は長い。世事の間には生け簀《す》まであって、日毎《ごと》、様々な料理が作られるという。

「ふわ……鯛のいい出汁《だし》が出てる……ふうふう」

人質のような状態であるにも拘わらず、大胆なのか暢気《のんき》なのか、実に美味《おい》そうに澄まし汁を飲む薙左を見ていて、世之助は哀れむような目になった。

「船頭がどういう奴か知らねえから、そんな幸せそうな顔をしてられるんだ」

「え?」

「なんだ、その半端な面《つら》」

「半端な面って、どういうのかな」

「ま、いい。そのうち分かる。『漁火』の主人やその手下らが、この船まで来る。その時に地獄の釜の蓋が開く。俺は知らねえぜ」

　世之助は四十絡みの男であろうか。海の男らしく体中が真っ赤に焼けており、動くたびに盛り上がる力瘤《こぶ》は、顔の皺に似合わぬ若さと力強さがあった。

「あんた、世之助と呼ばれてたな」

「ああ、そうだ」

「水主たちは、みな船頭がやってる悪さを知ってるのか」

「…………」

「どうなのだ？」

　世之助はそれには答えず、同じように鯛の椀を飲みながら、

「公儀の隠密と言ったな」

「!?……」

「なに、さっき船頭に話してるのをちょいとな」

「――」

「それが事実かどうか知らねえが、おめえ、本当は何のためにここへ来たんだ」

「言っただろ。俺はいきなり……」

　話しかかったが、薙左は罠かもしれぬと思って口を閉じた。世之助の顔を見ていると、水

主たちも、船頭と同じ穴のムジナなどいうことは分かる。薙左の素性を探り出して、上に知らせる気かもしれぬ。

「それより、女はいないのか」

「…………」

「若い娘と遊べるとも聞いたのだがな」

惚けて言う薙左だが、世之助はまったく相手にせぬという顔つきで、

「誰に聞いたか知らねえが、そんな極楽なんぞ、この船にはねえよ」

「またまた。ほんとのこと教えてくれよ。そしたら、俺も色々と教えてやっから、ほら、この足枷、外してくんねえかな」

油断をして塡《は》められたことを、薙左は悔いた。世之助は素直に外しそうもない。鯛料理の美味さも怨《うら》めしく思うほど、

――やはり勇み足だったか。

と深い吐息をついた時、屋倉板がドタドタと踏み鳴らされる音がした。

「ほら。おいでなすった」

世之助は身軽にひょいと立ち上がると、来いと薙左を引きずるようにして、艫屋倉の外に上がらせた。

そこには、『漁火』の主人はおらず、源五と小兵太だけがいた。

たしかに尾けた遊び人風二人だ、と薙左は確信した。源五たちも薙左の顔を見て、驚いているようだった。

「ど、どういうことだ……」

源五は思わず後ずさりしそうになったが、水主たちが取り囲むようにして、ぐいと座らせた。たちまち、二人はガタガタと震え始めた。寒空ではあるが震え方が違う。明らかに怯《おび》えた様子だった。小兵太に至っては、気分が悪くなったのか、戻しそうにゲエッと顔を歪めた。

そんな二人を熊蔵は冷ややかな目で見ている。その鋭い視線を浴びて、源五はへなへなと背中を丸めて、

「……か、勘弁して下さい。つ、次は必ず、町奉行の命を……」

「何度も同じ言い訳をするな」

と熊蔵は低い声で言った。

「た、助けて下さい、船頭。お慈悲を、お慈悲を……」

小兵太はしゃくり上げるような声ですがった。

「慈悲か……」

熊蔵は二人を一瞬だけ、穏やかな目になって見下ろしたが、「分かった。一思いに殺して

やる」

そう言った途端、傍らの水主頭が脇差《わきざし》を抜くなり二人を斬り捨てた。血飛沫《ちしぶき》を上げ、倒れた源五と小兵太は急所を斬られたのか、苦しむこともなく即死だった。

熊蔵の隣に立っている楫取《かじとり》と賄《まかない》は痛々しげに目をそむけた。この二人は船頭に次ぐ、船の三役であり、航海には欠かせない男たちである。

「水で洗っておけ」

楫取が命じると水主たちは、まるで何度もそういう経験があるかのように、素早く対処して動いた。二人の亡骸《なきがら》は材木でも捨てるように、あっさりと海に放り投げられ、あっという間に甲板は綺麗に片付いた。

目の前で起こった異様な出来事を、夢か幻のように見ていた薙左は、頭がくらくらして、その場に倒れそうになったが、はぎつけという壁板に手をついて踏みとどまった。

それをチラッと見た熊蔵は、小馬鹿にするような笑みを洩らして、

「公儀隠密ともあろう者が、これしきのことに気分が悪くなるのか？」

「……な、なぜ殺した。町奉行の命とはどういうことだ」

「ふむ。それも知らずに、ここへ踏み込んで来たのか。いよいよ隠密ということも怪しくなってきたな」

「なぜ殺したと聞いてるンだッ」

　薙左は恐さを払拭するように大声を張り上げた。

「俺の耳はよく聞こえるよ。ほら、風の音、波の声。微妙な変わり様で、船の命運が分かれるからな。おまえも同じだよ……この鼻や耳が、異様さを感じたんだ」

「…………」

「教えてやろう。源五と小兵太は、おまえに尾けられた。『漁火』の伊八は……」

「伊八というのか」

「黙って聞け。奴はおまえを始末しろと言った。だが、荷物にして、この船に隠しただけだと言うのだ。源五と小兵太はよほど肝っ玉が小さいのだろう。殺すに忍びなかったらしい。いや、てめえの手で殺すのが恐かったのだ。だから、この船の舳先倉の下で、しゃれこうべにでもしようとしたんだとよ」

「…………」

「いずれにせよ、命拾いしたな。おっと、だが喜ぶのはまだ早い。おまえが何処の誰兵衛で、本当は何をしに来たのか。正直に話せば、命までは取らぬ」

　熊蔵の目の奥には闇があって、およそ人とは思えなかった。底知れぬ非情さに、こんな人間が世の中にいるのかと、薙左は肝を引っこ抜かれる思いだった。正直、恐い。恐いが、こ

の手の卑劣な輩《やから》は、弱味をみせるとすぐに嚙みついてくる。えげつないくらいに攻撃してく

る。

薙左が剣術を始めた頃がそうだった。腕っ節が強いくせに性根が曲がっている奴は、必ず

弱い者を見せしめにするかのようにいたぶる。周りの者も恐いから止めようともしない。黙

って見ているだけだ。

だが、薙左は非力ながら立ち向かった。しかし、簡単に叩きのめされる。それで、今度は

薙左が狙い打ちされるようになる。子供だろうが大人だろうが、とどのつまりは同じことだ。

「殺せるものなら殺せ。だが俺も黙って殺《や》られはせぬ」

今の薙左は非力ではない。小野派一刀流と関口流柔術の免許を受けている。いずれも実戦

の武術である。たとえ足枷があろうと、そう易々《やすやす》とはやられぬはずだ。

だが、ここは海の上である。しかも、揺れる足場での経験を積んではいない。

——そんな事を言ってる場合か。仮にも、これから船手奉行所に勤めるのではないか。か

ような危難、仕事始めだと思えばいい。

薙左は、熊蔵さえ仕留めれば、後は雑魚《ざこ》同然だと踏んだ。じりっと間合いを取って、水主

頭から刀を奪えば、一瞬にして、熊蔵の喉仏を突き抜ける。後は、どうにでもなる。仲間の

粛清とはいえ、事実、命乞いする二人の人間を殺したのだ。

──この場で成敗しても構わぬ奴だ。

薙左はそう思った。だが、人を斬ったことはない。突いたこともない。しかし熊蔵のような奴は人間とは思わぬことだ。そう心に決めた。

「おまえらは海の男なんかじゃない。廻船を扱うまっとうな船乗りでもない。さしずめ海賊か？　やはり、あの娘たちも、おまえたちが誰かに売り飛ばすつもりだな」

熊蔵は微笑をたたえたまま黙って聞いている。

「この船は菱垣廻船でも樽廻船でもない。関前丸と言えば、たしか西廻りだ」

「……さっきも言ったが、おまえ、船のことは少々、知ってるようだな」

「なるほどな。娘や……いや待てよ。佃島といや石川島と隣接してる。人足寄場から無宿者でも逃がしてるのではないのか？　そういう噂もあるのでな」

「──恐いか」

「！…………」

「怯えてる奴ほど、よく喋るものだ」

熊蔵の口元が歪んだ時、薙左は水主頭に向かって飛びかかろうとした。だが、グイと引き戻されて出鼻を挫かれ、勢い余って背骨が軋んだ。

振り返ると、足枷の錘を世之助が踏んでいた。

世之助は表情をまったく変えず、邪魔をしただけだ。険しい目を投げかけて、

「命は大切にした方がいいぜ、若造」

と世之助が言うと、熊蔵はそのとおりだと頷いたが、

「命は一番大事だ。だがな、若造、おまえは余程、死に急ぎたいと見える……世之助、こいつの始末、おまえに任せる」

「え、俺に？」

意外な顔をしたのは世之助だった。

「おうよ。おまえも俺たちと半年以上かけて一航海してきたんだ。そろそろ、手柄を立てさせてやらなきゃな」

「――へい」

「源五や小兵太が始末し損ねた奴をどう料理するか、むはは、見物だぜ」

熊蔵がコナすと、水主頭が懐から短筒を出して、世之助に手渡した。神妙な顔で受け取った世之助は、嬉しいような、それでいて緊張した複雑な面持《おもも》ちだった。

その短筒の銃口を、世之助はいきなり薙左に向けた。南蛮渡りの新式で、火縄などなく、連発式になっている。

「!?――」

「若造。悪く思うなよ」

世之助に凝視されて、薙左は絶望の顔になった。

——こんな所で死ぬのか。俺はまだ二十歳になったばかりだ。そりゃガキの頃から、色々な無茶はしてきた。だけど、こんな死に様はねえ……こんなことで死んだら、あまりに惨めだ……それに、この世に生んでくれた、父や母に申し訳が立たない。

ほんの刹那、様々な思いや考えが頭の中を巡った。

次の瞬間である。世之助は銃口を熊蔵に向けた。

「そのまま！　手を後ろに組め、熊蔵！」

世之助が険しい顔で叫んだ。ギョッとなった水主たちは、何事が起こったのかと驚愕《きょうがく》して身構えた。熊蔵と水主頭だけは、事態が飲み込めないのか、それとも恐くないのか、端然と立ったままである。

「聞こえねえのか熊蔵ッ。後ろ手に組んで、そこへ座れ」

だが、熊蔵は怒りを露わにした顔になると、構わず世之助の方へ歩み寄った。間髪をいれず、世之助は発砲した。

ババン——！

しかし、白煙が漂っただけで、熊蔵は平然と立っている。

「ばかめ」

　短筒は空砲であり、残りは弾すら込められていなかった。

「世之助……やはり、てめえッ」

　熊蔵がその太い両腕を突き出してくるのへ、世之助は短筒を投げつけて、膝に一蹴り浴びせると、薙左の袖を引いて屋倉板を踏み越え、舳先の方へ向かって駈けて行こうとした。だが、薙左の足枷の錘が轆轤に引っかかって、動きが止まった。それへ水主たちが躍りかかろうとするのへ、世之助は舵柄を押したり、帆綱を投げかけたりして、その隙に薙左の手首を摑んで、舳《へ》先《さき》の方へ進んだ。

　その二人の背中を見ながら、

「慌てるな」

　と熊蔵は水主たちに鼻で笑いながら言った。

「その先はどうせ海だ。何処へ隠れようと、船からは逃げられまい。じっくり追いつめて、なぶり殺しにしろや」

五

「妙だな……」

遠目に関前丸を見渡しながら、五大力船《ごだいりきせん》の艫舟梁に凭《もた》れるように、加治周次郎は深い溜息をついた。五大力船とは江戸湾や関東海域を航行する荷船で、そのまま江戸市中の川や大きな堀割にも入ることができる。

江戸湾内には、白波の数と同じ数くらいの帆船がひしめいている。だが、千石船は遠目にも、まるで要塞のように見えるから、少しでも動けば一目瞭然だ。

その関前丸が動かない。帆柱が立つのを合図に、船手奉行所の十数艘の船が近づいて、関前丸の航行を阻む段取りになっていた。そして、帆を張られる前に、前後左右から関前丸を挟み、横付けにして捕方たちを乗り込ませ、一網打尽にする手筈《てはず》なのだ。

だが、世之助からの合図はない。

「もしや、何かあったのやもしれぬな」

加治は同じ船に乗って待機している鮫島拓兵衛を振り返った。二人とも出役の折は、純白の綸子《りんず》に袴《はかま》といういでたちである。危険の多い海や川では白が目立つし、決死の覚悟を表しているという。

遠眼鏡で見ている鮫島は、

「妙だ」

と呟いた。いつも冷ややかな鮫島が心配そうに目を細めた。

「見てみな。水主たちが慌ただしく動いている。ありゃ船の仕事じゃねえ。明らかに誰かを追っている」

鮫島は上役の与力の加治に、敬語や丁寧語を使うということをしない。もっとも、加治もそのことについては全く気にしていない。海や河川での事件探索や捕り物になると、上下関係は邪魔でしかないし、丁寧な物言いなどをしていては、まごつくことが多々あるからだ。

「まさか……世之助の奴、ここまで来て何か失敗をしたのか」

遠眼鏡を覗きながら、加治も頷いた。

「こうなれば、やむを得ぬな。一斉に乗り込むしかあるまい」

決断を下す加治に、鮫島は賛成できない。

「どうだかね。世之助を見殺しにする訳じゃないが、下手《へた》に近づけば半年かけた探索が水の泡だ。いや海の藻屑《もくず》だな」

「だが、世之助の命には代えられまい」

世之助は、本名を上杉世右衛門《うえすぎよえもん》といって、御召御船上乗役という御家人で、船手頭の配下であった。だが、船手奉行所に来てからは、きっぱりと武士を捨て、人として奉行として心酔した船手奉行・戸田泰全のためにと、船頭となり、その力量を発揮している。

その世之助が関前丸に、渡り水主として乗り込んだのは半年程前のことだった。抜け荷と阿片の探索のためである。いわば潜伏捜査と言えようか。下手をすれば、身分が割れて殺されるかもしれない。が、世之助はその危険な任務を買って出たのだ。ぐうの音《ね》も出せぬ証《あかし》を摑んで、船手奉行によって捕縛し、真相を究明するためである。

寄港する大坂や兵庫、下関、隠岐、柏崎などから、その都度《つど》、早飛脚を使って、状況を江戸に報せていた。世之助からの文によると、主に長崎から隠岐に集まる物資の中から、御禁制の品々を大坂で捌《さば》いて、大名蔵屋敷などを通して好事家《こうずか》に渡ることが多いという。

一方で、阿片に関しては圧倒的に江戸が多く、扱う量は年々増えているという。諸国から流入する人口が多いのと、武家が多いことによる。厳しいお上勤めのために、一時、〝波の花〟に揺れる者がいるのであろう。

さらに、江戸詰めの武士や商人に限らず、関八州から流れてくる出稼ぎ人たち相手の遊女が吉原や深川には沢山いる。その女たちも常用しているとの話もある。中には、阿漕《あこぎ》ならず者が、素人《しろうと》娘を阿片漬けにして、〝波の花〟欲しさに苦界《くがい》に連れ込むことだってしているのだ。

——断固、阻止せねばならない。

というのが、加治の思いだった。

しかし、鮫島は少し違う。幾ら水際で一艘や二艘の船を取り締まったところで、日本は八方海に囲まれており、陸路の関所も抜け穴だらけだ。

「悪さをする奴らは、どんな小さな網の目でも破って、やりたい放題なのさ」

という諦めの考えである。とはいえ、阿片の流布を是とするものではない。知った限りには叩き潰すという気概はある。だから、関前丸の一党を、何としても己が手で縛り上げたいのは加治と同じだ。

「やむを得ぬ……別件で探索するしかあるまい」

加治がまたもや溜息をつくと、鮫島は呆《あき》れ顔で、

「別件？　そんなものを、すぐさま叩きつけることができるものか」

「なに、関前丸の積み荷の量の検査ということだ。みろ。扇立《おうぎだて》が閉じたままではないか」

扇立とは五尺という荷物を囲う壁を支える柱のことである。停泊する船や荷物のない船が、五尺を外していないのは隠し荷を置いている疑いもある。

「だが、俺たち船手奉行所の者が直々《じきじき》に行くと、狙いは〝波の花〟と気取《けど》られるに違いない。ここは将監《しょうげん》様におすがりするか」

将監様とは、船手頭・向井将監政勝のことである。

向井家は戦国時代、武田海賊衆として活躍した後、徳川家に仕え、間宮、九鬼、小笠原家

などとともに幕府の水軍を指揮して来た。大坂の陣では伝説になるほどの大活躍をしたが、泰平の世になり、水軍は不要になってしまった。寛永年間には安宅丸《あたかまる》など、四百人もの水主が必要な大型船を建造して、将軍家の権威の象徴となったが、莫大な費用がかかるために五代将軍の治世に廃止となった。

もっとも船手頭は、向井家だけが世襲する特権の職務であり、役高七百石で幕府の船舶の管理や海上船の輸送管理という重要な任務を遂行していた。

とはいえ、事件や事故を扱う、いわゆる警察権はない。それは船手奉行所に委《ゆだ》ねられていた。しかし、向井将監といえば、海の男ならば誰もが一目置く存在だった。向井家は海賊衆の鑑《かがみ》であったからだ。

その向井将監が、関前丸に接すれば、必ずや船内を探索させるに違いないと、加治は言うのだ。

「甘いな。ま、よかろう」

鮫島はまるで自分の方が上役のように腕組みをして、「しかし、加治さん。向井将監様に出張《でば》って貰って、何もなかったとなると逆に踏み込めぬのではないか。それとも、強引に乗り込む腹づもりか」

「むろんだ」

「──まこと？」

「ああ」

「慎重なあんたが、後で向井将監様のお叱りを受けるのを承知でやるとは思えぬがな」

「俺とて、やる時はやる。鮫島……おぬしは、そんなに俺が頼りないか」

「そうではないが……」

「事あるごとに、俺の気持ちを逆撫でするようなことを言うが、嫌なら、この任務から降りてもよいのだぞ」

ぐいと睨みつけた加治の目には、早く事態をよくしなければならぬという焦《あせ》りの色もあった。鮫島はそれを見抜いて、

「誰もそんなことを言っちゃいねえ。さっさと将監様にお頼みするんだな」

「うむ。早々に、戸田様から諮《はか》って貰う」

「しかし、あの向井のタヌキ親父が、船手奉行の言うことをすんなり聞くとも思えぬがな。なにしろ、海の権力を、船手奉行に奪われたのだから」

戸田泰全がどう口説いたのか分からぬが、とまれ向井将監は腰を上げた。幕府が全力を傾けて、阿片の抜け荷に立ち向かっていると説得したのであろう。おそらく北町の遠山奉行も

同行したと思える。

わずか四半刻の間に結論が出たが、向井将監の船が、大名並みの派手な家紋入りの帆を開いた時、沖合から強い風が吹いて来た。まさに逆風に向かって漕ぎ出したが、それでも軍船の横風帆走や逆風帆走の技法で、鮮やかなほど見事な早さで進む。

雨はやんだようだが、江戸湾内は、まるで岩場にぶつかって波の花が散るように、風が強くなっていた。

六

ドーン、ドーン。

船底に波が激しくぶつかる音が聞こえる。千石船ゆえにそれほど大きな揺れではないが、ゆったりと左右に傾いていた。

薙左と世之助は、舳先の合羽と呼ばれる甲板の下に潜り、そのまま中船梁のさらに下の下船梁の所まで下りてから、逆に艫の櫓《やぐら》の近くまで戻って来ていた。

千石船はいわば三階建てや四階建てのようなものである。その床下にあたる根棚と呼ばれる所まで、人が入ることができる。これは舵の故障や水漏れなどがあった時に、乗船している船大工などが間に合わせの修繕を行うためである。

当然、水主たちも、挟の間の下層を探しているはずだが、世之助はこの船に探索に乗り込んだ時に、ある細工をしていたのである。

万が一、船手奉行所の者だとバレた場合は、熊蔵たちに沖に捨てられるに違いない。千石船は沖合、十里から、時には五十里も沖を帆走することがある。風やうねりを鑑《かんが》みてのことだが、そんな大海原に落とされては、人間一人どうする術もない。だから、身を伏せて隠れているか、さもなくば自ら逃走するしかない。

千石船は伝馬船《てんまぶね》を積んでいる。甲板のない平板な荷船である。これは大時化《おおしけ》や船の損壊などがあった時、救命具代わりにもなったが、世之助はすぐに本船から切り離すことが出来るように仕掛けをずらしていたのである。

その小舟に乗れば、ここは江戸湾だ。しかも、船手奉行所の者たちが関前丸を拿捕《だほ》すべく取り囲んでいるから、助け出してくれるであろう。

「あんた、一体、何者なんだ」

薙左は不思議そうに、船底近くで閂《かんぬき》のようなものを外している世之助に尋ねたが、

「うるせえ。ぼうっとしてねえで、外すのを手伝え。でねえと逃げられねえぞ」

と苛立って言った。

「逃げられるのか？」

「てめえさえ来なけりゃ、うまく事は運んでたんだ」

「おまえは仲間じゃなかったのか？」

「いいから、早く、これを押せ。もっと強くだ」

艇子《てこ》のようにした棒を、体全体の重みをかけて必死に押さえながら、世之助は命じた。

「伝馬船で逃げるだけじゃねえ。ついでに、この船底にポッカリ穴を開けておくのよ」

「そんなことをしたら……」

「ああ、沈むかもしれねえな。一矢報いなきゃ、腹の虫が治まるめえ？」

「じゃ、娘たちはどうなるんだ」

薙左は艇子を逆に引いた。

「何をするッ」

世之助が怒った顔で振り向くのへ、

「娘たちだよ。俺が尾けて来た二人の娘だ」

「知るか」

「そりゃないだろう。この船に乗せられたのは確かなんだ」

「その目で見たのか？」

「いや、それは……」

「だったら、いい加減なことを言うな。娘はきっと別の船でどこかへ送られたんだろうよ。『漁火』の主は関前丸だけじゃねえ。他にも色々と繋がりが……いや、待てよ」

確かに不審な荷物があったことを、世之助は思い出した。阿片のことばかり気にしていたから、甲板の下に積み込まれた幾つかの荷物はあまり気にかけなかったが、その中に隠されているのかもしれない。日本の若い娘は、長崎に行けば、異人船に結構な値で売れるからだ。

「ひょっとしたら、あれかもしれねえな。おまえと一緒に運ばれて来た荷物だ。赤い扱《しご》きのような紐が結ばれてた」

「きっと、それだ」

と薙左は合点がいったように頷いて、「助けてくる。その娘たちも逃がすんだ」

「待てよ、おい。人のことを心配してる場合か、こら。しかも、その足だぞ」

世之助が声をかけた時、薙左は既に這いずって船首の方へ戻っていた。

「バカか、あいつは……知らねえぞ」

と世之助は一人で、梃子を押し続けた。

這いずって船首に向かった時、頭上の踏《ふみ》土《ど》板《いた》を水主たちの足音が走り、

「帆柱を立てろ！　帆を張れえ！」

という声が鳴り響いた。何か異変があったのであろう。急遽《きゅうきょ》、出船するに違いない。

――俺たちのことは、沖へ出てから始末するつもりか。

薙左はそう感じると、少しだけ気持ちに余裕が出来て、舳先の荷倉に急いだ。時折、ぐらりと船体が傾く。帆柱を立てる作業も一苦労である。しかも風の強い中で帆を張るのは神経を使うはずだ。同時に、櫓を漕ぎ、舵を取りながら、船首の向きを沖に変えているのであろう。

均衡の悪い中で、薙左は赤い扱《しご》きのような紐のついた荷を探した。相変わらず暗くてよく見えない。しかも、弁才船は甲板の下だけではなくて、胴の間にも高く積み荷を上げ、蛇腹垣《しつら》を設えて横波や雨を防ぐようになっているが、密閉度は低い。下手をすれば水が合羽下に溜まって、いわゆる水船《みずぶね》という、沈没状態の船になることもある。

「くそ。あの世之助のやろう、船底に穴を開けやがったか!?」

薙左は沈没の不安を感じながら、それでも船荷を手探りで探した。すると、娘たちの怯えた泣き声が聞こえる。

「どこだ？　いるのか!?」

頭を低くして、腰を屈めて来た薙左は声をかけた。

「助けに来たぞ。何処にいる。荷を叩くなり、蹴るなりしろ」

するると、少し先の樽の中から、コツコツと音がした。

「ここに、いるんだな」

と這いずって行った薙左が叩くと、また内側から打ち返してきた。樽の上には俵物がいくつか載せられていて、それを体ごとぶつけるように押しのけると、薙左は樽の蓋をこじ開けた。

その中には、娘が一人、閉じこめられていた。

「もう一人、いたはずだが」

「べ、別の樽に……」

娘を抱え出すと、その奥にある樽を引きずり出して、蓋を開けた。やはり中には娘が入っていたが、息苦しかったのか、ぐったりとしている。薙左はその娘も懸命に抱え出すと、勢い余って一緒に倒れてしまった。

だが、その衝撃で気がついた娘は、見知った顔の娘を見て、泣きながら抱き合った。二人は、薙左に涙ながらに礼を言いながら、アヤとクニと名乗った。

「喜ぶのはまだ早い。どうやって、ここから抜け出すかだ……」

と薙左は二人を、今度は艫に導くように腰を屈めて歩き始めた。まだ、伝馬船で脱出できるかもしれないと考えたからだ。

「甘いな」

ポツリと洩らす声が起こると同時に、薙左は首根っこにひんやりとした冷たいものを感じた。刃物をあてがわれたようだ。

「ここで殺したいところだが後始末が面倒だ。さ、表に出ろ」

出入り口の窓が開けられると、サッと眩《まぶ》しいばかりの光が入って来た。同時に波風の音が大きくなって、水飛沫も顔にかかる。声の主が、水主頭だと分かった時、薙左は絶望の淵に落とされたと感じた。

「さっさとしろッ」

水主たちは娘たちを甲板の下に押し戻して、薙左だけを引きずり出した。足枷には錘がある。このまま海に落とされれば、そのまま沈むことは間違いない。眼下にうねる海面を目の当たりにして、薙左は愕然となった。

だが、海を見て、恐怖よりも怒りが湧き上がってきた。薙左にとって海は憧れの場所であり、想い出の場所だった。美しく、己の人生を賭けるに相応《ふさわ》しい場所だと思って育ってきた。

それを、目の前のクソ忌々《いまいま》しい奴らが、海を汚す行いをしている。むろん、〝波の花〟のことを薙左は知らない。しかし、ろくでもない事をしているのは確かだ。

――最後まで諦めぬ。

薙左はそう心を強く持ったが、目の前の水主頭には、今更何を言っても無駄のようだった。源五や小兵太みたいに斬殺されるのを待つばかりであった。

水主頭が刃物を握り直した時である。

「おい、待てッ」

と熊蔵の声がした。

熊蔵が指さす方を見ると、ぐいぐいと勢いを増して、向井将監の軍船が水押《みよし》で波を砕きながら近づいて来ているではないか。パンパンに膨らんだ帆の図柄を見て、薙左はアッと目を見開いた。同時に、

――助かった……。

という安堵《あんど》も広がった。

軍船からは、薙左の姿も見えるに違いない。この状況で斬り殺して、海へ突き落とすことはできまい。

波音を立てて関前丸に近づいて来た向井将監の船は、ゆっくりと舵を取って横付けするように接近すると、

「帆を下ろせ！」

と水主同心が命じた。

七

「さっさと帆を下ろさぬか！」

向井将監の船からの声に、熊蔵は大人しく従うしかなかった。下手に逆らえば、船内総浚《ざら》いされるかもしれない。そうなれば、荷の中に阿片が残っているのも、さらってきた娘がいることも明るみに出る。

熊蔵は水主頭に目顔で頷いて、

「船手形を改めるだけだ。いつものように、素直に従っておけ。いいな」

と言ってから、薙左を屋倉の中に引きずり込ませた。下手に声を出さぬよう、猿ぐつわをされ、水主頭の刃物は鳩尾《みぞおち》に突きつけられていた。

「手形を改める。そちらへ移るゆえ、五尺を開けて梯子《はしご》を垂らせ」

向井将監自身は乗船していないが、配下の水主同心が指揮を取っている。

海の番所は浦賀にある。諸国の船は江戸湊に入る時、そこで通行の許可を得なければならない。千石船のような大型船は、航行上危険なために、湾内では帆を上げるのは禁止である。

水主同心は手形を改めた後、

「なぜ、帆を上げた。湾内では罷《まか》りならぬことは承知してるはずだ」

「へ、へえ……」

熊蔵は体裁が悪そうに頭を掻きながら、航海中に帆柱の調子が悪かったので、次の船出に備えて修繕と点検をしていたのだと誤魔化した。

そんな話をしている間に、加治と鮫島も船に乗り込んで来た。向井将監の配下の水主同心とは面識があったようだが、この二人の顔を熊蔵は知らない。

「船頭熊蔵だな」

「そうでやすが、旦那方は……」

熊蔵が訝しげに振り向くと、

「船手奉行所与力、加治周次郎」

「同じく同心、鮫島拓兵衛」

二人は毅然とした態度で名乗った。

「〝波の花〟も抜け荷のことも、既に明白である。大人《おとな》しく縛につくか」

と加治はズイと詰め寄った。

「!………」

「世之助はどこだ」

「やっぱり、あいつは船手奉行の手先だったか」

「どこだと聞いておる」

「さあ、逃げちまったから知らねえな」

鮫島が熊蔵に近づこうとすると、

「おっと、大人しく捕まるのは御免だよ。俺の船が奉行の世話になるような何か悪さをしたのなら、証拠を出して貰いやしょうか」

「世之助が送って来た探索帳で充分だ。後はおまえたちを……」

鮫島の腕を、熊蔵はするりとかわすように屋倉に移ると、

「てことは、こいつも仲間だったというわけだ」

と薙左を引きずり出した。

加治は薙左の顔を見て驚いた。同時に薙左も仰天して、

「ほ、ほれは、ひょりひさま……」

これは与力様と猿ぐつわをされたまま喋ろうとしたのだ。加治は薙左が見習いの折に、何度か顔を合わせた上に、昨日も出仕につき話したばかりだ。一瞬にして認識したものの、薙左が関前丸にいることは全く考えもつかぬことだった。

になるぜ」

熊蔵は勝ち誇ったような顔になって、「おっと与力様とやら。動くと、こいつが死ぬこと

牽制したが、鮫島は、

「ふむ。知るかッ」

と鯉口を切って熊蔵に斬りかかろうとした。それを制して、加治は薙左を見殺しにするわけにはいかぬと相手の言いなりになった。水主たちは二人の刀を奪い、船縁《ふなべり》の梯子を外して捕方の侵入を防いだ。

「ばかめ。どう足掻《あが》こうと、無駄だ。周りを見てみろ」

と鮫島は怒鳴って、「逃げられると思ってるのか」

熊蔵は不敵の笑いを浮かべると、帆を上げろと水主たちに命じた。

バサバサと激しい音を立てて張られた帆は、風を受けて、まさに満帆に広がった。まるで生き物のようにはためく帆は、二尺五寸幅二十五反の〝織帆〟という厚手の帆である。普通の帆よりも丈夫で風受けの無駄がなく、逆風の折の〝間切り走り〟にも有効だ。

そのために馬力が増し、大きくて二百石程の公儀の船など容易に押し倒し、海洋に出てしまえば、あっという間に振り切れる速さを持っている。

「逃げたところで、いずれ捕まる。船主にも迷惑をかけるのだ。それでもよいのか」

船主は越後の田原屋宋右衛門《たわらやそうえもん》という廻船問屋である。つまり、関前丸はただの運賃船ではなく「買積船《かいづみせん》」であるから、船主も船荷については詳細を知っているはずだ。つまりは、田原屋が抜け荷の張本人である可能性は高いゆえ、すでに町奉行所からも評定所の裁断を受けた上で役人が向かっている。

「しゃらくせえ。おまえら小役人如《ごと》きに指図されてたまるか。俺とて、遠州灘の熊蔵と恐れられた水軍の末裔《まつえい》だ。こんなせせこましい国とはオサラバするまでよ」

剛毅に言って、櫓を漕がせ、幕府軍船を弾くように外海に向かったが、しばらくすると暗礁にでも乗り上げたように急激に減速した。

船足の重さに、熊蔵は戸惑った。空荷の時の〝自足〟のはずが、荷を積んだ時の〝荷足〟のように深く沈んでいる。

――妙だ。

と熊蔵の脳裡に不安がよぎったが、薙左はピンと来ていた。世之助が船底に穴を開けたのだ。そうに違いない。

進み方が遅くなったのが、あまりにも異様だと、水主頭らも感じたのであろう。ふと帆柱を気にした隙に、

「やろうッ」

と薙左は体当たりをして、次の瞬間、水主頭を小手投げで倒し、背後から躍りかかって来る水主は背負い投げの形で甲板に叩きつけた。したたかに背中を打った水主は、息もできないほど苦しみ藻掻いた。

考える間もなく、加治と鮫島も目にも留まらぬ早さで、水主たちに突きや蹴りをくらわせ、刀を奪い返すと鮫島は居合いで、襲いかかってくる水主たちの手足を斬った。勢い余って海に投げ出される者もいたが、自業自得である。もっとも海に落ちた者は、溺死する前に捕方たちが引き上げる手筈になっている。

加治に艫の方へ追いつめられた熊蔵は、帆綱を切って、わざと柱を傾けてゆさぶりをかけた。が、

「無駄な足掻きだ。観念するんだな」

と加治が抜き払った剣先が、熊蔵の髷《まげ》を切り落とし、帯を切り裂いていた。

「どうだ。海の男らしく、こっから飛び込むか。子分たちは溺れてるぞ」

加治が喉元に刀をあてがうと、

「か、勘弁して下せえ……わ、わしらは、船主に頼まれただけで……へえ、本当です。すべては船主が……あっしらはただ雇われていただけです。どうか、お慈悲を」

と熊蔵は情けない声で哀願した。

「先程までの威勢はどうした。水軍の末裔ではないのか」

「お、お許しを……」

船体が大きく傾いた。そこへ駆けつけて来た薙左が、縄で熊蔵を帆柱にくくりつけてから、加治を振り返って腰を屈めた。

「与力様。初出仕、遅れまして申し訳ありませぬ」

「――ばかもの」

呆れ顔で加治は叱ったが、微かに笑みを浮かべて、

「親父さんにそっくりだ。こんな無茶をするとは」

「申し訳ありません」

「後で、じっくり絞ってやるゆえ、後はあの鮫島拓兵衛に従え。船手奉行所同心であることは知っておろう」

「はい。あ、そうだ。この船には、まだ娘たちが」

「娘たち？」

「早く助けて船を離れないと、沈みますぞ」

「この船が？」

「はい。世之助とかいう男が、伝馬船で逃げる時、船底に穴を開けたようで……」

薙左が心配そうに話すと、鮫島は苦々しく唾棄《だき》するように眉間に皺を寄せ、加治は逆に安堵したような顔で笑った。

「案ずるな。船は沈まぬ。船の一番底に海水を流し込んで、船の動きを鈍くしただけだ」

「は？」

「世之助も、船手奉行の者だ」

「ええ!?」

それなら先に言ってくれれば、危ない目に遭わなくて済んだのにと薙左は思ったが、とまれ、娘たちの身柄も無事に保護することができた。

関前丸は船手奉行所の船に曳航《えいこう》されて、霊岸島近くまで運ばれ、その夜のうちに、佃島の『漁火』も手入れをされたことは語るまでもない。

八

その翌日、薙左は改めて、船手奉行所の朱門をくぐった。

玄関には町奉行所と同じように鉄砲が数挺《ちょう》飾られており、訪れた者にある緊張を与えていた。これは船手番が、元々鉄砲組同心が拝命されたことに由来する。

　この日も、戸田奉行は自宅から通ってきていた。薙左は廊下を何度か折れ、海原と島々を象《かたど》った白洲の中庭に面した執務室を訪れて、十手《じって》と鑑札を拝領したのである。

　十手は町方とは少し違って、房はなく短めで、鑑札は諸国往来御免という特権が備わっている。海や川は江戸から関八州にとどまらず、あらゆる国に繋がっている。事件や事故で不審者を追尾する折に、一々、道中手形などを申請していては役目にならない。それゆえ、矜持《きょうじ》をもって任務を遂行しないと、己自身が〝木乃伊《みいら》〟になることもあるのだ。

　現に行方知れずや、あえて江戸から逃げた者もいると聞く。

「早乙女薙左。本日をもって、船手奉行所同心を命ずるが、人として幕府の役人として恥ずかしくない勤めをせよ」

　戸田が訓辞を述べると、薙左は緊張の面持ちで拝聴した。

「はい。一生懸命頑張ります」

「知ってのとおり、船手奉行所は海や河川、江戸市中の堀割を運航する廻船や川船に関わる事件や事故、火事、訴訟沙汰など一切を扱う役所である」

「はい」

「下手人の捕縛や出入筋は当奉行所で対応するが、殺しや押し込み強盗など凶悪な事件については捕縛はすれども、吟味については町奉行所並びに評定所に委ねる」

つまり、凶悪事件についての裁判権は船手奉行にはない。いわば、町奉行所や評定所に送付するまでの探索と証拠調べ、予審をやるのだが、その間は咎人《とがにん》を小伝馬町牢屋敷に預けることなく、奉行所内の牢屋に留《とど》めることができた。

「裁きはできぬ。よって、今般の阿片の事案でも、熊蔵が獄門になるか、島送りになるかは町奉行と評定所で決められる。悪行を取り締まるのが我々の仕事だ。町奉行所で見習いをした早乙女には分かっていることであろう。しかし……」

と戸田奉行の穏やかな顔が少し厳しく変わって、薙左を射るように見た。

「我々は町奉行のように、町人だけを相手にするものではない。武士や僧侶に対しても追捕《ついぶ》を行わねばならぬ。海や川を利用して逃げる者を捕らえる任務がある。それゆえ、陸《おか》とは違う危難が伴う。相手は手練《てだ》れの武士かもしれぬ。凶悪な海賊衆かもしれぬ。そのために、船手奉行はただ船や水練に通じている者ではなく、武芸にも秀でた者ばかりが与力、同心に選ばれている。だからこそ逆に、無茶をしてはならぬのだ」

「…………」

「連携こそが大切なのだ。一人の勝手な行いが、他の者たちの命を落とすことにもなりかねぬ。おまえが哀れな娘を助けたいという義憤に駆られたのは、やむを得まい。いや、むしろ正義にかなうことだ」

戸田奉行はもう一度、鋭い眼光を放って、

「だがな、その短絡な考えや行いが、間違った判断を導くこともあるし、さらなる危難を招くこともある。今般のことも、もし……もしを言うても詮はないが、そのまま船手奉行所まで来て指示を仰ぐか、あるいは緊急を要したならば、橋番などに報せた上で事を行えば、周りの対応も違った」

「…………」

「たまたま、うまく事が収まったからよいものの、源五と小兵太という遊び人は殺された。幾ら悪人仲間でも人は人。命は大切なのだ。それに重要な証人を失ったことにもなるのだぞ」

「あ、はい……」

薙左は俯《うつむ》いて聞いていた。

「ちゃんと目を見よ、早乙女。おまえの父親が、まさに海や川の武士《もののふ》だったことは、この私もよく知っておる。だが、心得違いをするな。一人気炎を吐くのはよいが、大概は『勇気』のつもりが『無謀』に過ぎないのだ。よく肝に銘じておけ」

「申し訳ありませんでした」

もう一度、深々と頭を下げた薙左だが、初出仕で叱られたことで、ひどく衝撃を受けていた。最後に、戸田奉行は日焼けした顔をぐいと近づけるようにして足を崩すと、

「改めて言っておくがな、新入り。海や川の仕事は己が一人だけの判断は慎まなきゃならねえ。いいな。それと、命を粗末にするんじゃねえ。いいな」

と俄《にわか》に伝法《でんぽう》な口調に変わって言ったが、打たれたように慄然《りつぜん》となった薙左は、ただただ船手奉行に平伏するのみだった。だが、それは初出仕の〝洗礼〟というよりは、温かい励ましだと感じ入っていた。

しかし……同心の詰め部屋に戻った薙左は、そこで繰り広げられている光景に啞然となってしまった。

鮫島拓兵衛が水主や船手中間を集めて、花札をして遊んでいるのだ。まるで賭場を開帳しているように、駒札の代わりに小銭を膝の前に置いて、怒声や下卑た笑い声を上げながら丁々発止とやりあっている。

「鮫島様、これは……」

薙左が目を白黒させるのへ、鮫島は淡々と言った。

「これか？　博打の手入れの下準備だ」

「本当に……？」

「でなきゃ、なんに見える。ほら、カブだ！」

などと実に楽しそうに騒ぎながら、文銭がジャラジャラと賭け人の間を移動する。その手慣れた鮫島の仕草に、薙左は慄然となるものがあった。

「おやめ下さい、鮫島様」

「あ？」

「ここは仮にも奉行所。お上の十手を預かる者が、遊びでも賭場の真似事などをなさるのは如何《いかが》かと存じまする」

「存じまする、ときたか」

「からかわないで下さい。私は今し方、お奉行直々に訓辞を戴《いただ》いて参りました。胸の中にズシンと来るものがありました。それを、与力ともあろうお方が何ですか」

鮫島は鼻白んだ顔になって、

「親方が訓辞だと？」

と振り返った。親方というのは、奉行のことらしい。船頭たちも、与力の加治周次郎のことはカジスケと呼び、奉行のことは親方と呼んでいるようだ。もちろん悪口ではない。親しみを込めてのことだし、海や川で生死を共にするからであろう。

「ふはは。それこそ、からかわれたのかもしれねえぞ。奉行所内に花札を流行《はや》らせたのは親方自身だ。見たか。あのぶったりした体……俺たちは、トド奉行と呼んでおる。海馬だ」

と笑うと、「サメさん、そりゃ禁句ですぜ」と水主たちもケラケラと笑った。

「失礼にも程がありますッ」

「そう目くじらを立てるな。そんな心がけじゃ、船手奉行所なんざ三日も持たねえぞ」

「冗談ではありませぬ。博打は『吾妻鏡』の世から御法度《ごはっと》。今でも、遠島や家財没収の重い罪なのですよ。直《ただ》ちに、おやめ下さい」

「ふはは。犬の遠吠え。田作《ごまめ》の歯ぎしり……ああ、おまえ、新入りだから、ゴマメちゃんと呼んでやるよ。これから、どんどん大きな魚になれよ」

「おやめ下さい」

「やめねえよ。早乙女薙左ちゃん。ああ、名前まで女みてえだな」

と鮫島も意地になったように続けた。

「言っただろうが。こりゃ鍛錬だ。川船や廻船の中じゃ、旗本や大名江戸屋敷の中間部屋以上に、秘密裡に大きな博打をやってやがる。それを取り締まるためには、博打のいろはくらい知ってなきゃ勤まらねえんだよ」

「そうは思えませんが」

薙左も妙に頑なに意見したが、鮫島たちはまったく相手にしていない。

「そんなことより、ゴマメ。佃島『漁火』主人の伊八への取り調べは終わったのか」

「ゴマメはよして下さい」

「お奉行から聞いてねえのか」

「と申しますと」

「奴は、関前丸船頭の熊蔵とぐるで抜け荷や阿片の売買のついでに、娘を人買い同然に南蛮や唐行きの船に売り飛ばしてたんだ。きちんと調べて、町奉行所に届けねば相応の裁きが出来ないってものだ」

「あ、はい……」

「捕縛した後に、しっかり捕物帖を書き残して送るのも大切な仕事だ。おまえに任せるから、しっかりやれ」

　鮫島にそう言われても、段取りや要領が分からない。薙左はどうするのかと尋ねると、鮫島は、

「甘えるなッ。そんなこと、てめえで考えてやれ。何のために頭がついてンだ！」

　と怒鳴るだけ怒鳴って、自分は花札遊びに興じ続けた。

　薙左の胸の中には憤懣《ふんまん》やるかたないものがあったが、その肩をポンと叩かれて我に返った。

そこには与力の加治が立っていた。

「ああいう奴だ。気にするな」

「――あ、はい……」

「俺たちの勤めは、海賊と戦うことじゃない。本来は地味で目立たぬ仕事だ。海も川も堀も、すべて江戸町人たちの暮らしと直《じか》に関わってる所だからな、そのささやかな幸せを守ることが俺たちの本当の役目なのだ」

「はい」

ほんの少し心が落ち着いた薙左は、加治が取り調べのやり方を教えてくれるというので安堵した。熊蔵にしても、伊八にしても、捕らえられた後は、すっかり居直って、

「分からない。知らぬ存ぜぬ」

を通している。証拠の抜け荷の品や阿片があっても、子分の水主らが証言しても、まったく関わりない、何の話だとふんぞり返る。悪党とは大概そうしたものだ。お恐れながらと全てを正直に白状する者はマシな方で、終《しま》いには、

「私は何処の誰兵衛かも忘れました」

と言い張ることもある。拷問にかけても、まったく効き目はない。どうせ死罪になるならと口をつぐむのだ。遠島などの重追放ならば、まだ生きる一縷の望みがあるから、本音を吐露することもあるが、たとえ仲間であっても人殺しをしたのだから、獄門は避けられない。

だから、意地でも自白しないのだ。

　もちろん自白がなくとも死罪の判断をして処刑はできるが、それをするのは町奉行や評定所の仕事。船手奉行において、極刑の結論を出しておきたいのだ。

「難しいが、時をかけてやってみろ。何事にも無駄はないゆえな」

　加治に励まされながら、吟味部屋に通された。

　ところが、薙左が取り調べると、熊蔵も伊八もあっさりと自白した。

　そのことに、さしもの鮫島も驚いて、

「どうして、素直に吐いたんだ」

　と手練手管《てれんてくだ》を聞きたくなった。

「そんなものはありませぬ。ただ……あの者たちは、それほど悪い奴らじゃありませんでしたよ」

「うむ？」

「おふくろの話をしたんです」

「……母親のな」

「私も早くに亡くしましたからね、色々と自分の昔話をしていたら、あいつらも思い出したんでしょう。よほどの悪人じゃない限り、生んでくれた母親のことは、そうそう忘れられませんから。子供の頃に迷惑をかければかけた程……」

鮫島は、なんだそんなことかと歯牙《しが》にもかけぬ顔に戻ったが、加治は、

――こやつ。どこか、人を惹きつけるところがあるのやもしれぬ。

と感じた。同じ母親の話をしたところで、かえって臍《へそ》を曲げる者も多いからだ。おいおい、その白状させる〝技量〟とやらを見せて貰おうと、加治は楽しみが増えた気がして喜んだ。

薙左は唐突に腹が減ったと言い出したので、加治はその屈託のなさに呆れながらも、

「特上の釜飯を食わしてやる。〝船手奉行所御用達〟の『あほうどり』って店でな」

と船手奉行所の朱門を出た。

今日は実に穏やかな海だ。キラキラと陽光に海面が煌《きら》めいて、幸せな気分になる。潮騒の香が薙左を心地よく包んでいた。

その時、一方から、近在の漁師が駆けて来た。

「た、大変です。ど、土左衛門がア！」

「釜飯はまたのお預けのようだな」

加治は苦々しく笑って、探索に急げと薙左の背中を押しやった。

第二話　人情一番船

一

霊岸島はその昔、中島と呼ばれる離島であったが、寛永年間に霊巌和尚が六町四方を埋め立てて、寺を建立《こんりゅう》した。後に、霊巌寺は深川に移され、その跡地が町人に払い下げられたのである。

この新川沿いは、船の荷揚げが利便ゆえに酒問屋が多いので知られている。今日は上方から来る、新酒《しんしゅ》を積んだ樽廻船を待つ人々で賑わっていた。

「今か、今か」

とハラハラして、遠くを眺めながら、船の到着を待っていたのである。

灘や伊丹の新酒を、西宮の湊から十数艘の弁才船が同時に出航し、紀州灘から遠州灘、駿河湾など経て、江戸に着く早さを競った。

これを新酒番船という。

番船で、新酒を一刻も早く江戸に届けるという競い合いは元禄時代に始まったと言われている。もっとも、樽廻船が運航されたのは享保年間からだから、正式な競争は将軍吉宗の時代に幕開けされたのであろう。

江戸への下り酒は年に百万樽。六十数万石の米に相当する大量の酒が送られていた。その中でも、灘の生一本《きいっぽん》の新酒は貴重な品で、濁り酒が冷やでしか飲めないのに、諸白《もろはく》と呼ばれる清酒は燗酒で飲めるので、新酒番船が競い合う秋口からは、ますます重宝された。

その上、下り酒の〝早着き〟争いで一番になった船には、五百両という大賞金がつき、さらにその船の新酒は通常の十倍もの値がついて売れるというから驚きである。樽廻船の船頭はもとより、酒荷主、船主、酒問屋らが万全を期して、年に一度の〝早着き〟に力の限りを尽くし、熱くなって取り組むのは当然のことであった。

だが、船手奉行所にとって、新酒番船の競い合いは、新綿番船と同様に、緊張を要することであった。

新綿番船は菱垣廻船で競争をして、新しく採れた畿内の質の良い木綿を、大坂から江戸に運ぶのである。新綿番船は高価だが、積み荷としては軽いために、菱垣を囲むほど高く積み上げる。そのために航海には細心の丁寧さが求められるが、樽廻船は船荷が重く船が安定しているために荒波でも乱暴な舵取りをする。

出帆地の西宮から、江戸霊岸島新川まで、わずか三、四日で来るのだから、その早さたるや、弁才船の技術もさることながら、船頭や水主たちの腕にかかるところも大きい。

それゆえ、船がひっくり返るような乱暴な航海をし、ギリギリに競《せ》り合った時には、競争

相手の船の航路を邪魔するような切羽詰まった走りもする。まさに危険と背中合わせの〝早着き〟を、船手奉行所では、

——とにかく無事に。

終わらせることが、至上のことだったのである。

「そろそろ、先頭は、浦賀を過ぎた頃であろうな」

新川の船着き番所で、与力・加治周次郎は傍らに控えている早乙女薙左に声をかけた。

「はい。私まで胸がわくわくしてきました」

薙左も何度か、新酒番船の競争を見たことがあった。一度は、まだ七つか八つの頃、父親に連れられて、浦賀の船番所まで見に行ったことがある。やたら風が強くて、目の前に広がる海原は真っ白で、とにかく寒かったことを覚えている。

浦賀の千代崎にある灯明台の所から、満帆に開いた三艘の樽廻船が大波の中に消えたり、乗り上げたりしながら走っている情景は忘れられない。だが、今度《こたび》は遊びではない。事前に事故のなきよう指導や通達はしているものの、船上で監視しているわけではない。事故だけが心配だった。

浦賀の船番所からは、見張り船が沖に出て、船切手という着順を示す番号札を渡すことになっている。

よって、灯明台の鼻を廻った樽廻船は、帆を下ろさなければならない。その後、番所で船改めを受けてから品川沖まで行って停泊。後は、荷を伝馬船に移して漕ぐから、最後の最後は水主の技量にかかってくるのだ。

風は強いが雲ひとつない日本晴れである。

人々の叫び声が起こると、ほとんど同時に品川沖に現れた二艘の樽廻船から、これまた同時に伝馬船が新川の酒問屋が並ぶ河岸目がけて疾走して来た。

毛馬《もうま》屋と伊丹《いたみ》屋の船である。

この二つの造り酒屋は、毎年、一番船を競い合う〝竜虎〟と呼ばれていた。しかし、ここ数年ずっと二位に甘んじていた毛馬屋は、今年は水主頭ら船乗りも入れ替え、競争を勝ち抜こうと、事前から気合が入っていた。

その甲斐があったのか、わずかに一丁櫓程の差で先に着岸したのは、

「ただいま、毛馬屋番船の伝馬船が入りました！」

という審判役の男衆《おとこし》の叫び声を聞くまでもなく、押し寄せていた野次馬たちには分かっていた。

歓喜の声や慰労の声に混じって、一番船の新酒が陸《おか》に担ぎ上げられる。まるで祭りのような大騒ぎの中で、問屋仲間筆頭の音頭で樽が開けられ、酒の大盤振る舞いが始まった。同時

に、大酒飲み大会も催されるのだ。

珍しい新酒だけに、我も我もと競い合って大酒をくらう。大酒飲み大会は、一番船になった酒蔵が受け持つことになっているから、集まった酒豪たちは遠慮なく飲める。

大祝賀になったのは、他に訳がある。

今回の早船は、新酒だけが目玉ではない。毛馬屋と伊丹屋の廻船の船頭二人が、一人の女を賭けて、その腕を争っていたからである。

——どちらの嫁になるか。

の人生を賭けた大勝負だったのだ。

船頭は毛馬屋の鉄之助《てつのすけ》と、伊丹屋の鶴吉《つるきち》である。二人とも海の男らしく、男気があって実に爽やかだという噂だが、負けた鶴吉の方は、沖の船から降りてこず、宴席にも顔を出さなかった。昨年も一昨年も、鶴吉の方が勝っていたから、よほど悔しいに違いない。

争われた娘は、新川小町との評判のおきよという、江戸の酒問屋組合河内《かわち》屋の一人娘である。宴席がそのまま仮祝言にでもなりそうな勢いであった。

「なかなか、お似合いではないか」

「ほれ、もっとピッタリくっつかないか」

などと、勝った船頭、鉄之助の横に、おきよは座らされた。

少し下膨れの、はにかみ屋のような笑顔が印象に残る。

そんな中に混じって、世之助もがぶがぶ飲んでいる。もとより、一番になるつもりなどない。今日は船手番としての仕事はないから、ただただ楽しんでいるのである。

「世之助。程々にしておけよ」

加治は軽く窘《たしな》めておいて、自分も酒問屋組合の寄合座敷に用意された宴席に顔を出した。薙左も一緒である。

無事に一番船が着いたことで、祝宴に顔を出すだけだ。格好ばかりの杯を受けると、直ちに番所に戻らなければならない。

残りの船は、負けと決まってからも帆足を落とすことなく、なるべく早く江戸に届けようとする。新酒に限り、一刻でも早いほうが高値がつくこともあるが、船主や船頭の意地もある。たとえ、尻ッケツでも、何日何刻で江戸に届けられたかということも大事なのである。

ゆえに、無理をして海難事故を起こさぬとも限らない。西宮を出航した樽廻船がすべて到着するまで見届けるのは、船手奉行所の務めだった。

幸い天候に恵まれ、一艘も事故なく、浦賀を過ぎて江戸湾に入って来た。だが、加治を待っていたのは、海の上での事件ではなく、陸でのことである。

それは、一番船が着いてから、わずか一刻《とき》程の後——。

ちょっとのつもりが、したたか飲んだ世之助は、千鳥足で酒蔵が並ぶ筋の外れに、ぶらぶら歩いて来た。まだ暮れぬ江戸湾から、少し強い海風が心地よく吹いて来て、火照《ほて》った体をほぐしてくれる。

だが、その酔いも吹っ飛ぶ女の悲鳴に、世之助は振り向いた。悲鳴といっても絶叫ではない。悶絶するような、嘔吐するような唸《うな》り声だった。

世之助は路地を覗いたが、誰の姿もない。

不思議に思って、開けっ放しになっている近くの蔵に近づいて中を見た途端、いきなり頭を後ろから棒のようなもので打たれて、一瞬にして失神してしまった。

目が覚めると、世之助は薄暗い蔵の中で倒れていた。

「な、なんだ……？」

開けっ放しになった蔵の扉から、月明かりが差し込んでいる。しばらく時が経《た》ったことは確かだ。まだ頭に痛みは残っている。誰かに殴られたのか、何か木材が倒れて来たのか、酔いは醒《さ》めた世之助だが、考えが集中できなかった。

立ち上がろうとして、傍らの樽に手をかけると、ぐにゃりとしたものに触れた。思わず手を引っ込めたが、ぼんやりしていた頭が割れるほどの衝撃が走った。

そこには、縄で首を絞められた若い娘が倒れていたのだ。島田の黒髪は崩れ、艶《あで》やかな振袖も少し乱れていた。

「う、うわッ」

土左衛門を見慣れている世之助とはいえ、自分の隣に倒れていたのには驚いた。ひっくり返りそうになるのを我慢して、もう一度、探るように見ると、その娘はなんと、おきよではないか。新川小町で、一番船の船頭・鉄之助が射止めたばかりの娘だったのだ。

「ど……どういうことだ⁉」

世之助は、おきよを抱え上げて、喉や手首の脈を取ったが、既に冷たくなっている。何が何だか分からないが、とにかく与力の加治に報せようと立ち上がったところへ、御用提灯を掲げた捕方が数人、町方同心に引き連れられて乗り込んで来た。

「ややッ。貴様だな、酒問屋河内屋の娘・おきよを殺《あや》めたのは！」

町方同心が踏み込んでくると、世之助はおきよを抱えたまま、

「殺めた？　冗談ではない。俺は……」

「問答無用。北町にて取り調べるゆえ、大人しく縛につけ」

元より世之助は逆らうつもりはないが、捕方たちは、まさに咎人と決めつけて、すぐさまきつく縄をかけた。

「待てよ、おい。俺は船手奉行船頭・世之助というものだ。逃げも隠れもしねえ。縄をかけ

ることはねえだろう」

「黙れッ。人殺しが余計な口をきくな」

町方同心は威圧した目で世之助を睨みつけた。

——妙な風向きになったぞ。

世之助は、こういう時にこそ冷静になれと、己に言い聞かせていた。

二

北町奉行所から事情を聞いた、船手奉行の戸田泰全は重々しい気分になって、加治周次郎らを詰所に呼びつけた。北町の遠山奉行とは浅からぬ縁の戸田だが、役所の中から咎人が出たとあっては、庇《かば》い立てもできぬ。

「待って下さい、戸田様」

と加治は膝を進めて、「まだ下手人と決まったわけでありますまい。それに、世之助はキッパリ違うと申し述べております。仲間の我々が疑うのは如何なものですかな」

「私とて同じ。たしかに酒には飲まれる癖《へき》があるが、世之助が人殺しをするような奴ではないことは、私が一番よく知っているつもりだ」

世之助を御家人から船手奉行の船頭に引き抜いたのも戸田だった。

「では嘆願書を出しておきましょう。新酒一番船のお祭り騒ぎで、世之助が浮かれていたのは確かでしょうが……殺されたのは、河内屋の娘です。一番船の船頭、鉄之助と婚儀も決まったばかりの女が何故、誰に殺されたのか。まっとうな事件とは思えませぬが」

加治が言うと、鮫島が横合いから口を挟んだ。その隣では、薙左も神妙な顔つきで聞いている。

「あんな酔い方をして、死体の側に寝てたんじゃ、疑われて当たり前だろう」

「では、鮫島、おまえは世之助がやったとでも？」

「誰がそんな事を言った。奴は誰かに頭を叩かれたんだ。それから、しばらくして北町の者が来たってことだが、町方に報せたのは誰かハッキリしねえんだ」

「調べたのか？」

「ふむ。調べるのは当たり前のことだ。聞き返さないでくれよ」

同僚の同心らには多くは語らないが、鮫島は南町奉行所の隠密廻りの同心をしたこともある男だ。そのせいか、誰彼なく鋭い眼光で見やる癖が抜けない。まったく一分の隙も見せない剣術家のようにも見えるが、自ら船手奉行を望んで来たのは、二十半ば過ぎてからである。

それから数年の月日が経つが、この男もまた、戸田奉行自身が巧みに導いたのである。

噂では、隠密廻り同心の折に、上役のある不正を糺《ただ》さねばならぬ事件に首を突っ込み、それが幕府のお偉方とも関わりのある疑獄だったことから、左遷されたとの噂もある。

しかし、それだけでないことは、ふだんは見せないが、類《たぐ》い希《まれ》な水練や潜水技の持ち主だということからも分かる。

「俺が調べたところによると、最も怪しいのは、鶴吉だ」

「伊丹屋の樽廻船の船頭ですか。惜しくも二番手になってしまった」

と薙左が訊《き》いたが、鮫島は相槌も打たずに続けて、

「奴は、宴会にも顔を出さなかったと言うじゃねえか。船の水主たちに訊くと、どっかへ姿を消したままらしいぜ」

「どっかって、どういうことです」

「さあな。とにかく、水主頭の話じゃ、上方を出て三日目、伊豆下田沖を回る辺りから、屋倉からも離れ、姿を消したらしい。それまでは神棚に祈るように張りついてたらしいがな」

「では、その鶴吉とやらが」

と薙左はまた横合いから、「品川沖の船からこっそり抜け出して、負けた腹いせに、おきよを殺したとでも言うのですか」

「冴えてるじゃねえか。そういう疑いもあるってことだ。なにしろ、鶴吉は前々から、おき

よにベタ惚れだった。毎年、自分の船が勝っているのに、今度の勝負に限って負けたのだからな。せっかくの新酒は高値がつかねえし、好いた女は〝早着き〟の敵《かたき》に取られる。面白くねえじゃねえか」

「たしかに、踏んだり蹴ったりですよね」

　薙左も納得したように頷いたものの、

「でも私なら、惚れた娘のおきよではなくて、鉄之助の方を殺したくなりますがね。あ、もののたとえですよ。私は何があっても決して殺しなんかしませんから」

「鉄之助を殺したいと思う気持ちも分からぬではないが、事は男と女のことだ。薙左、おまえにはまだ分からぬことだらけかもしれねえが、惚れた女を殺すことだってあるのよ。あるいは、女が惚れた男に殺してくれ、なんてこともな」

「なんです？」

　薙左はキョトンとなって首をかしげた。

「だから、まだ分からねえと言ったじゃねえか。色々とあるんだよ、男と女は」

「それはそうだが……」

　と今度は、加治が訝しげな顔で、鮫島に問い返した。

「ならば、これはどうなのだ？」

と一本の縄を差し出した。おきよの首にかかっていた縄だ。北町奉行所から出所を調べて欲しいと頼まれたものだが、柿渋などを塗って水気に強くした船で使われる縄であることは間違いない。

「だったら、余計、鶴吉って船頭が怪しいじゃないか」

と鮫島はしたりとばかりに口元を歪めたが、加治はそうは思っていない。

「世之助も船頭だよ。しかも、見ろ」

縄の端っこを加治に見せられた鮫島はアッと目を凝らして手に取った。滑らぬように小さな結び目を二つ作った上に、ずれぬように皮紐で縛ってある。いつも世之助がやっている細工だ。

「やはり、世之助が？」

加治と鮫島二人だけが納得したように頷き合ったが、薙左には分からない。自分にも同じ船手奉行同心として扱って、きちんと話して欲しいと頼むと、加治は少しだけ面倒臭そうに答えた。

「世之助がいつも持ち歩いてるものなんだよ。これは荷物や舟止めだけではなく、捕縛にも使えるから重宝してるんだ」

「だからって、世之助さんがやったなんて」

「この事実を、町奉行所に報せるか、それとも伏せて、こっちはこっちで探索するか。そこが思案のしどころってわけだ」

「探索するに決まってるじゃないですか」

と薙左は、まるで子供のようにムキになって立ち上がった。

「おいおい。何処へ行くと言うのだ」

加治は落ち着いて座れと宥《なだ》めた。またぞろ、勝手な思い込みで駆け出されては困るからだ。

「それにな、俺たちとて世之助をこれっぽっちも疑ったりはしていない。罠にハメられたことは先刻承知だ」

「だったら尚更《なおさら》……」

「しかし、この一件は町方差配の事案だ。俺たち船手が出る幕じゃねえんだよ」

と、今度は鮫島が鼻で笑うのへ、薙左は不快を露わにして、

「縄張り争いをしてる時ですか。我々だって探索する役務がある。だからこそ、鮫島様も一人で調べていたのでしょ。ああ、何も言わなくても分かっています。お奉行へ迷惑はおかけしません。世之助さんが何もしていない。いや罠に陥れられた証を摑んでくれればよろしいのでしょう？　頑張ります。はい」

と言いたいだけ言って立ち去った。

加治は呆れたように鮫島の顔を見て、深い溜息をついたが、

「あやつ。大人しそうな顔をしとるが、とんでもねえ暴れ馬かもしれぬな」

「そうかな。ただの世間知らずのボンボンてところだ」

苦々しく眉間に皺を寄せた鮫島は、煙管《きせる》を噛むようにくわえて箱火鉢に近づけた。

三

殺されたおきよという娘は、本当は伊丹屋の樽廻船の船頭・鶴吉の方に惚れていた。これは薙左が何人もの酒問屋に勤める人や、廻船の水主たちに聞いて、確かめたことである。

「本当に、鶴吉って人のことを？」

と薙左が尋ねると、同じ新川の酒問屋・升屋の主人は、殺されたおきよに同情して、それこそ自分の娘のように涙すら浮かべながら薙左に話した。

「可哀想な娘ですよ。鶴吉さんとは、あれほど惚れ合った仲なのに……親父さんも親父さんだ。酷《ひど》いことをさせて、ねえ」

親父さんとは、新川酒問屋組合筆頭の河内屋市兵衛のことだ。新川組合の筆頭がそのまま江戸の組合の長《おさ》を兼ねていた。それほどの地位の者でも、自分の娘の婿は思うようにならな

かった。

「親父さんの方は、よほどウマがあったんだろうねえ、毛馬屋の鉄之助さんの方を気に入っていたようでね。江戸に来た時は、まるで本当の親子のように飲み歩いていたよ」

「で、酷いことってのは？」

「ああ。この前の〝早着き〟ですよ。一番船になった方に娘を嫁にやる。そう言って煽ったんですな。鶴吉さんや、おきよちゃんにすれば理不尽でしょうけどね、鶴吉さんは受けて立ったんですよ。必ず勝って、おきよちゃんを俺のものにするって」

「そうだったんだ……」

　薙左はふと遠い目になった。自分にはまだ経験はないが、一人の女のために死力を尽くすことの潔さを感じた。そりゃ薙左にも惚れた女の一人や二人いたが、

　──自分の恋など、いかに女々《めめ》しかったか。

　と恥ずかしくなる思いだった。

「鶴吉はよほど腕に覚えがあったんだろうなあ」

「そりゃそうですよ、旦那。なんたって三年も続けて一番船になった船頭ですからね。一度なんざ、三日目の夜には着いてた。凄《すご》いなんてもんじゃないでしょ」

「うむ。立派なもんです」

薙左は鶴吉の噂を聞いて、同じ船に生きる者として、心の底から感心した。

「しかし、その鶴吉が行方《ゆきがた》知れずなのだ。心当たりはありませんか」

「それは、まったく……」

見当もつかないと首を振った升屋の主人を見て、薙左は探索の初手から絶望に陥った気がした。もちろん、伊丹屋の樽廻船の者たちにも尋ね直したし、水主たち船乗りが集まる旅籠《はたご》や飲み屋も回ったが、伊丹屋の者すら知らないのだから埒があかない。

伊丹屋の廻船には、よほど気合が入っていたのであろう。番頭も一緒に乗り込んでいたが、いつから鶴吉がいなかったかも定かでないという。江戸湾に入ってからは、水主頭が水先案内に従うからである。

他の水主たちと同様、下田沖までは姿を確認しているが、その後は屋倉下に潜ったままで、姿を見ていないというから不思議だ。

万が一、海に落ちたということも考えられる。番頭は既に、船手奉行所と町奉行所に対して、鶴吉の消息を探してくれるよう届け出をしていた。

「世之助さんという船手奉行所の船頭だが、その人の側で、おきよさんが死んでいるのを初めに見つけたのは、あんただよね」

「え、ええ……」

「あの酒蔵は河内屋さんの蔵だし、どうして、そんな所へ行ったんだい？」

「あ、それは……ええと、何ですな……」

俄に曖昧に口ごもる升屋を、薙左はまじまじと見つめて、

「どうしたんだい。何か言いにくいことでもあるのかい？」

「そうではありません。私は……」

もう一度、深く息を吸い直してから、升屋は続けた。

「一番酒の酒宴の途中に、河内屋さんが、船頭の鉄之助さんと、おきよさんの仮祝言を挙げようなどと言い出したのです」

「仮祝言。まあ、しかし勝った方が嫁にできるというなら、さもありなんだな」

「でも、先程も言いましたとおり、おきよさんは本当は鶴吉さんと添い遂げたかった。せめて、姿くらい見たいのに、鶴吉さんは陸にも上がっていない……おきよさん、堪えられなくなって、思わず席から離れたんです」

「そりゃ、そうだな。娘の気持ちとしちゃ」

薙左は今度は、おきよに同情して、いたたまれないような顔になった。

「でも、おきよさんは、なかなか戻って来ない。家に帰ったのかもしれない。河内屋さんはそう思って、たまたま近くで飲んでいた私に、見て来て欲しいと言うんです」

升屋も、おきよが半刻近く席を空けていたので、気になったという。しかし、家には帰っていなかった。そのまま宴会場の寄合所に戻ろうとした時、通りかかった路地の蔵が開いていた。そこが河内屋の蔵だということは、升屋も知っていた。

扉が開いたままなので、怪訝《けげん》に思って覗いてみると、酒臭い世之助が倒れており、その奥にも、おきよが倒れていたのを見つけたのである。

「それで町方を呼びに走ったんだな」

薙左が訊くと、升屋は大きく頷いて、

「そりゃもう驚いたのなんのって……まず河内屋さんに報せて、町方には河内屋さんが」

「しかし、町方が来た時は、問答無用で、世之助さんが殺したと決めつけて、捕縛したのだが、どうして世之助さんが殺したと分かったんだ？」

世之助のことは、升屋も顔見知りで、船手奉行の者だと知っている。

「いえ、私はただ、二人が倒れていると報せただけで、世之助さんが殺したなどとは一言も言っておりませんよ」

「では、町方が勝手にそう思い込んだというわけか？」

「はい、たぶん……」

薙左は釈然としなかった。己の頭の中で整理してみると、不審な点が幾つかあるからだ。

おそらく世之助の頭を殴打した誰かが、おきよも殺したに違いない。世之助に怪我の痕《あと》があるにも拘わらず、町方では襲撃者を探している様子はない。殴られたのも嘘だと決めてかかっているからだ。

「しかし、どうして、河内屋の酒蔵だったのかな」

と薙左が訊くと、升屋も疑問を抱いたように振り返った。

「どうして、河内屋の中で……第一、鍵くらいかけてるものだろう。どうして、わざわざ河内屋の蔵なんだ？」

「さあ……」

俯いた升屋の表情が曇った。さっきもそうだったが、何か喉元につっかえたような態度なのである。

「升屋さん……本当は何か知ってるんじゃないのか？」

「何かって、何ですか」

「後で申し開きするより、今、すっかり話した方がすっきりすると思うが」

「変な誤解は御免でございます。私はただ、河内屋の娘さんがあんな酷い目に遭ったのを、たまたま見ただけのことで……何も他のことは分かりません。こっちも親切でお話ししてるのに、妙な勘繰りをされては不愉快です。仕事があるので失礼しますよ」

升屋は機嫌を損ねた様子で店に戻っていった。

薙左は今更のように居心地の悪さを感じた。ふと周りを見ると、新川酒問屋街である。小売り商人や人足が、蜂のように働いている。人一人の死など関わりなく、世の中は動いているのだ。その情景の中で、河内屋だけが忌中で扉が閉じられていた。

改めて、河内屋を訪ねた薙左は、焼香をしようとしたが、

「世之助の仲間に、焼香してもらうなんぞ御免被《こうむ》ります」

と冷たくあしらわれた。

「いや、しかし……」

「お引き取り下さい。いや、あなたのせいではありませんが、素直に気持ちが受けつけられないんです。このままでは娘があまりに可哀想だ」

河内屋が頑《かたく》なに拒むので、薙左は玄関土間で合掌だけをしてから、

「取り入ってるところ申し訳ないが、娘さんを見つけた時のことを話して欲しい」

「まったく。どこまで人の心に土足で……」

と河内屋は怒りの表情さえ浮かべて、「あんたら、船手奉行所の者に話すことは一言もない。すべては北町に委ねてますからな。それに、この一件については、あんたらに調べられる謂《い》われは何もありません!」

「おきよさんの死体を、升屋が見つけた後、あなたはすぐさま町方に走ったらしいな」

「…………」

「死体の確かめもせずに、すぐさま」

「それが何か？」

「ふつうは先に見に行くだろう。さっきまで元気だった娘が、しかも一緒の宴席にいた娘が死んだと聞かされて、はいそうですかと町方に走りますか？　ふつうは信じられないと姿を見に行くのではないかな」

「…………」

「どうして、すぐに町方に走ったのだ？」

　薙左は素直に訊いただけなのだが、河内屋にとっては棘《とげ》が刺さったような気分になったのか、眉間に皺を寄せて、

「言いがかりも大概にして下さいよ。あんたの仲間が疑られてるからって、どうでもいいことをなんだね」

「どうでもいいことかい？　娘さんが死んだと聞けば……」

「気が動転してたんですよ。あんた、まだまだ若造だから、そんなふうに人の揚げ足を取りたいのだろうが、変なイチャモンをつけると、こっちにも考えがありますよ」

河内屋は江戸酒問屋組合の筆頭であり、その他の組合との付き合いは当然で、幕府の財務を預かる勘定奉行との付き合いもある。あまり、しつこく絡んでくると、上からきつい仕置きを受けるぞと脅しているのである。

もとより、そんなものに引き下がる薙左ではないが、いくら船手奉行所同心といえども、江戸経済を牛耳《ぎゆうじ》る老獪《ろうかい》な豪商には逆らえない立場だということも承知していた。

「ふん。所詮は小役人のくせに」

河内屋がぼそっとそう呟くように言ったのをはっきりと聞いた薙左は、じっと睨み返し、

「小役人で結構。でも、小役人でも意地があるところを、いずれ、お見せしますよ」

と挑発するように吐き捨てた。

四

それから半月程後——

事件は思わぬところから、新たな展開を見せた。

下田奉行から、浦賀船番所を通じて、船手奉行所に使いが訪れた。船番所支配次席の宮本が、加治周次郎と面会して、

「まずは、下田奉行からの便りにござる」

と一通の文を見せた。それには達筆で次のような内容が書かれてあった。

十日程前、丁度、新酒の一番船の催しがあった二、三日後、一人の男が下田外れの石廊崎に流れ着いたのを、地元の漁師が見つけて引き上げた。男の疲労は限界を超えており、自分が誰かも分からぬほど、まさに死にかかっていたが、奉行所で預かって治療と看病をしたところ、奇跡的に快復をした。まさに九死に一生だった。

男は、鶴吉という樽廻船の船頭だと名乗り、自分の船がどうなったか心配していたが、江戸からの報せで、

──一番船は、毛馬屋。

という事実を知った途端、急に無口になり、役人の問いかけにもまったく反応しなくなったが、ある日、

『大変、お世話になりました。御恩は一生忘れません。改めて、御礼に参ります』

とだけ書き残して、下田奉行所から姿を消したのである。

樽廻船から落下して、運よく陸に運ばれたが、まだまだ十分な体力を養生できていないのに心配だとある。その一方で、下田奉行は文の最後に、こう書き記してあった。

『鶴吉なる船頭、常々、〝罠にはめられた。必ず仇討ちをする〟と洩らしていた事あり。手

を尽くして行方を探した末、漁師の舟を奪いて江戸に向かった節ある由《よし》。篤《とく》と探索の儀、申し立て候』

一読した加治はハタと思い当たった。

船には、漁船であろうと荷船であろうと、網元や船主が識別できるよう帆や舷に飾りが設えてある。単純な文字から、派手な紋様まで色々だが、つい昨日、汐留の浜に打ち上げられていた不審な漁船があった。

川船でないことや、潮の流れなどから勘案して、房州からのものかと調べていたところだが、照合すれば下田の漁師のものかどうか、すぐに分かるはずだ。

「なるほどな。鶴吉は、屋倉の下に姿を隠していたのではなく、航海の途中で海に落ちていたのか……」

と加治は腕組みして、「しかし、手練れの船頭が誤って海に落ちるというのも妙な話だ……仇討ちという言葉も気になる」

浦賀船番所の宮本も、何か事件に巻き込まれたに違いないと言う。加治は大きく頷いてから、

「後は、船手奉行所にて預かります。まずは鶴吉の身柄を確保することだ。さすれば、他の不審な事も明らかになるやもしれぬ」

不審な事とは、おきよ殺害の件である。加治は、すぐさま船手同心たちを集めて、探索の手配りをした。


その日の夜。

河内屋の表戸を叩く一人の男の姿があった。手荷物は何ひとつなく、着物の裾をはしょって帯に挟み、剝《む》き出しの赤茶けた太股《ふともも》は丸太のようで脹《ふく》脛《はぎ》は異様なほどごつかった。胸板や肩も野性味があって厚く、一見して激しく肉体を使う者に見えた。

「河内屋さん。開けてくれ。俺や。伊丹屋船頭の鶴吉や」

と激しく戸を叩いた。その日焼けした顔は宵闇に溶けるほど黒く、無精髭だけが妙に弱々しく感じられた。

既に行灯《あんどん》や蠟燭《ろうそく》の火を落としている刻限である。なかなか返事が戻って来ないが、鶴吉は諦めることなく激しく打ちつけた。

ようやく潜り戸から顔を出したのは、何度も会ったことのある番頭の米吉《よねきち》だった。河内屋には二十年余り奉公している初老に近い男である。

「これは、鶴吉さん」

米吉はほんの一瞬、驚いたが、まるで長年の邂逅《かいこう》を待ち望んでいたかのように両手を取って、「随分、探していたのですよ。船にもおらず、陸にも上がってる様子もないし、本当に心配していたのですよ……旦那様、旦那様ア！」

鶴吉を店の中に招き入れると、米吉は転がるように店の奥に走って行った。店内の灯《あか》りは落としているが、奥の方は煌々《こうこう》と灯《とも》りが灯っている。ざわめくような人の声も漏れ聞こえてくる。

「鶴吉が？」「本当かい？」「そりゃ、よかった」「早く上がって貰いなさい」

鼻孔をつく濃厚な線香の匂いも漂っている。ただならぬ屋敷内の様子に、鶴吉はハタと我に返り、冷静さを取り戻すように頭《かぶり》を振って、潜り戸から表に出直した。改めて表玄関の板戸を見ると、喪中の黒い布が貼られてあった。

汐留に着いてから、まっすぐ来るつもりだったが、あまり出歩くと、自分を罠にかけた者にまたぞろ狙われるかもしれない。そう案じて、機会を探していただけなのだが、怒りや興奮で目に留まらなかったのだ。その忌まわしい文字を改めて見た時、奥から河内屋市兵衛が廊下を踏み鳴らすようにやって来た。

「おう、鶴吉……何処へ行ってたんだね」

河内屋も驚きを隠せない顔だったが、とにかく中に入ってみんなに挨拶をしなさいと、肩を支えながら奥座敷に通した。

「だ、旦那さん……一体、誰が……誰が亡《の》うなったんです？」

　初七日も済んだが、近所の者が寂しかろうと訪ねて来てくれていると河内屋から聞いて、鶴吉はほんの一瞬、自分の葬儀が既に営まれたのかと思った。海に落ちたと水主か誰かが報せて、早合点されたのかと想像したが、すぐさま泡のように打ち消された。

　仏間はまだ白黒幕に囲まれたままで、戒名がついたばかりの位牌が祭壇にある。

　その祭壇の前では、一番船の好敵手であった鉄之助が何日も泣き暮らしていたかのように、真っ赤に目を腫《は》らして項《うなだ》垂れている。チラリと鶴吉を見上げた悲しげな目は、純真な涙ではなく、芝居がかったものだ。鶴吉はそう感じた。

「旦那さん、これは……」

　河内屋の口から、おきよが殺されたと聞いた鶴吉は、しばらく雷光に打たれたかのように立ち尽くしていた。すぐさま墓場に行って、棺桶を開けて確かめると言い出し、気がおかしくなったように室内をうろうろしていた。慌てて周りの店の者たちが止めたが、鶴吉はとめどもなく慟哭《どうこく》を露わにして、祭壇の前で倒れ込むように泣いた。

「なんや……どないなってんのや……何があったんだ、うわあ……おきよッ」

　静寂だった河内屋の奥座敷が俄にざわめいた。

　カタリッ――と位牌が倒れた。鶴吉の泣き声が届いたのか、おきよの亡霊が戻って来たかのように感じた。錯覚に過ぎないが、突然の奇妙な事件だっただけに、集まっていた人たちは気味悪げに見ていた。

「鶴吉……おまえ、一体、何処でどうしてたんだい。心配してたんだぞ」

河内屋が声をかけると、鉄之助も実に気にかけていた素振りで、

「やっと、おまえに勝てたと思ったら、こんなことに……おきよちゃん、折角、俺の気持ちを受け入れてくれたのに。俺は情けないよ、守ってやれなかったことが……」

と悲しみに打ちひしがれたように語った。だが、そんな鉄之助の肩をガッと摑んだ鶴吉は、荒々しい声で突っかかった。

「心にもないことを言うな！　おまえか、おまえが、おきよを殺したンか！　俺は分かっとんのや。おきよはな鉄之助、おまえのことなんか、ちいとも好いてなかった。今度の一番船がどっちになっても、俺と生涯添い遂げると約束してたンや」

「何を言い出すのだ、鶴吉」

止めたのは河内屋だった。一番船の船頭に娘を嫁にやると言い出したのは河内屋だ。図らずも、おきよが死ぬという結末になってしまったが、おきよを嫁にすることができるのは、今でも鉄之助の方だと断言した。

「冗談じゃないで、旦那さん。今回の〝早着き〟はホンマやったら、やり直しや」

「なんだと？」

「旦那は聞いたかもしれへんが……俺が何処にいたか、話してあげまひょ。俺は下田沖で、海に突き落とされたんや」

「突き落とされた？」

「ああ。誰がやったか、およその見当はついてま。なあ、鉄之助、俺の船には、おまえン所で働いていた水主が、急遽三人も乗り組むことになった。俺には分かってンのやで」

そう言われた鉄之助は少しカチンと来たのか、腰を浮かして、

「どういう意味だ」

「言わんかて分かっとろうが。おまえが、その水主らに命じて、俺を海に突き落としたんちゃうんかい」

「おい。人には言っていいことと悪いことがあるんだぜ」

と鉄之助は、錐《きり》で突き刺すような目で鶴吉を睨み据えた。

「下田を回る頃は、真夜中だった。風でうねりも大きくてな、ちょっとでも油断をすりゃ、誰だって海に投げ出されるくらい荒れてたんだ。どうせ、踏ん張り切れずに、てめえの落ち度で海へ放り出されたンだろうが、よりによって俺が仕組んだような言い草は、承知できねえ」

「最初に見たおまえの目で分かったわい」

「何が分かったと言うんだ」

「俺が生きてて、吃驚《びっくり》したやろうが」

「ば、ばかを言うな……」

「俺には聞こえるンや。なあ、おきよ……おまえが今、俺に一番言いたいことは、仇討ちや。そうやろ？　実は俺も、その一念で、あの真っ暗な海の底から、這い上がって来たんや。心配するな。おまえの怨み、この俺がすっかり晴らしてやるさかいな。俺がきちんと成仏させてやるから、な……」

唱えるように位牌を抱きしめる鶴吉の腕を摑んで、河内屋は、いい加減にしなさいと窘《たしな》めた。

「おまえの気持ちは分からないでもない。だけど、よく聞きなさい。おきよは私の言うことに素直に従うと前々から心に決めていたんだよ」

「嘘をつけ」

「嘘じゃない。だから、おきよと鉄之助は、一番船の宴席で、仮祝言までしたんだ」

「黙らんかい。おまえ、親のくせにそんなデタラメをなんで……」

「本当にいい加減にしないと、ここからも出て行って貰うよ。赤の他人のおまえに法要に付き合われるのは迷惑だからね」

厳しくそう言われて、鶴吉はここは我慢の一手だと考えたのか、黙して座り込んだ。だが鉄之助を睨み返す眼光は鈍っていない。激しく燃えたぎるものが全身に漲《みなぎ》っていた。

五

その翌日、鮫島拓兵衛が、河内屋を訪れた。

鶴吉が現れたことを番頭が報せてきていたからである。折しも、船手奉行の方でも調べ出していて、事情を聞こうとした矢先のことだった。

だが、鶴吉は既に河内屋から姿を消していた。その訳を聞いても、河内屋の主人は分からないと言うだけで、他に何も語ろうとはしない。

「おかしいじゃねえか。俺はずっとここで張ってたんだ。わざわざ勝手口から出て行ったと言うのかい？」

「ですから、私どもにはよく分かりません。とにかく鶴吉は突然、うちに来て、めちゃくちゃなことばかりを言って、出て行ったのですから」

「しかし、昨夜《ゆうべ》はいたじゃねえか」

「子供じゃないんです、ずっと側《そば》に置いて見ていた訳じゃない。こっちは娘のことで頭が混乱しているのですからね、余計な事で煩わさないで欲しいですな」

「その娘のことと関わりあるんじゃねえのか？　鶴吉にもちゃんと話を聞きてえんだ」

「おきよについては、北町の方々がきちんとやって下さってる。前にも、船手の若い旦那に言いましたがね、おたくの船頭が疑われてるからって、余り意地にならないで貰いたいですな」

鮫島は刀の柄《つか》でツンと河内屋の鳩尾を軽く突いて、

「調子に乗るなよ、河内屋。誰に口をきいてんだ？」

ぞっとなるほどの鋭い眼光になった。鮫島拓兵衛が元は町奉行所の隠密廻りだったことは河内屋も承知している。その頃、ちょっとした事件があって、河内屋に災難が降りかかるところを、鮫島に袖の下を渡したことで、事なきを得たことがある。

「俺もあん時は、裏金作りに励む幕閣の暴露という大悪のためには、おめえのような小悪は見逃したつもりだが、後でよく考えりゃ甘かったぜ」

「どういうことです」

「おまえの方が一枚も二枚も上手だったということだ。現にあの当時の問屋組合筆頭は、悪さがバレて隠居。今じゃ河内屋、おまえが、問屋や小売りから集めた冥加金を、上手《うま》く利用して利鞘を稼いでるって話じゃねえか」

冥加金は幕府から許可を貰った特定の業者が、商いを独占できる代わりに、幕府財政補助のために払った上納金のことである。その割合は決まっていたが、冥加金を集金収納する立場にあった問屋組合筆頭の河内屋は、法定以上の割合で冥加金を集め、差額を酒問屋や小売りのために運用していたのだ。祝儀不祝儀に使うばかりではなく、病気の面倒や隠居後の補助に当てた、いわば年金みたいなものだった。

公金を無利子で預かった河内屋は、為替や米相場、先物取引などを利用して、その金を増やして儲けていたのである。組合仲間や小売り業者のためだというのは表向きの理由であって、豪商でも扱えないような大金を使って利益を得ていたのだから、どれほど私腹を肥やしているかは誰も知らない。

河内屋は不愉快そうに顔をしかめて、

「まったく、細やかな心遣いに欠けるお人ですな。娘がこんな目に遭った時に……」

「そんなものがあっちゃ、こっちも商売にならねえンでな」

鮫島は構わずズケズケと続けた。

「船手奉行所内ではな、ひょっとしたら、賭けに負けた鶴吉が腹いせに、おきよを殺したんじゃねえかって疑いも出てたんだ」

「そうなんですか」

河内屋は微かに意外そうな目をしたが、まったく反論しそうにもなかった。むしろ、鶴吉がやったことを期待したような目つきにすらなった。鮫島はその態度を見逃さず、探りを入れるように、

「だがよ、鶴吉が海に落ちてたとなりゃ話は別だ」

「海に……」

「鶴吉から聞いてねえのか？」

「そんな話はしてましたが」

「下田奉行が助けたんだ。おきよが殺された頃は、下田にいたんだ。鶴吉が下手人じゃねえことは確かだ。だが、色々と腑に落ちないことがあるんでな」

鮫島はもう一度、何かを燻《いぶ》り出したいような目つきになって、「おまえの所にいねえのなら、心当たりはねえのか」

「ありませんね。いつ出てったかも知りませんよ」

河内屋がそう言った時、薙左が駆けつけて来た。

「サメさん。大変です。つ、鶴吉がッ」

狼狽《ろうばい》して慌てふためいている。

「おまえがサメさんなんて呼ぶのは十年早いンだよ。このゴマメ侍が」

「そんなこと言っている時ではありませぬ」

　突っ走って来たのだろうが、薙左は若さのせいか、あまり息切れしていない。体の鍛え方なら、鮫島とて生半可ではない。出役がない時は、ダラダラと花札や賽子《さいころ》で遊んでいるように見えるが、朝晩は必ず一刻ずつ水練と剣術を欠かさないのである。

「鶴吉がどうした」

　薙左は密かに鶴吉を張っていたと言ってから、

「毛馬屋の船頭鉄之助を殴り飛ばすと、引きずるようにして、またぞろ川船を盗んで、逃げました」

「なんだと？」

　鮫島は鋭い目を流して、「おめえ、それを指をくわえて見てたのか」

「追いかけようとしたのですが、やっぱり腕のいい船頭で、あっという間に」

「ばかやろう。俺なんかにノコノコ言いに来ないで、とっとと追えッ」

「でも、お奉行に必ず一人で突っ走るな。連携だって叱られますから」

「事と次第によるだろうが、バカッ」

「でも、加治様が追ってます」

「それを先に言わねえか。で、どっちへ向かった」

急《せ》かす鮫島を落ち着かせるように頷いてから、薙左は近くの堀割の船着場に向かって駆け出した。江戸市中に縦横に張り巡らされている堀割の位置を、薙左は頭に叩き込んでおり、鶴吉を挟み打ちにしようとしていたのだ。

「河内屋、おまえさんにも後でゆっくり話を聞くからな」

そう言い捨てて、鮫島も追った。

六

「おまえなんか、ぶっ殺したる。ああ、今すぐ、沈めてやるわい、ド阿呆」

小舟の上で気を失っている鉄之助を見下ろして、苛々《いらいら》と櫓を漕ぎながら、鶴吉は醜く顔をしかめた。

亀島橋から高橋《たかばし》に抜け、稲荷橋を曲がって、中ノ橋から弾正《だんじょう》橋を右に折れ、まっすぐ海賊橋まで幾つかの橋をくぐる。そして、また鎧ノ渡しを抜けて永代橋に向かって、船番所を避けて同じ所を何度も巡っていた。その乱暴な漕ぎ方に、あちこちから「危ないじゃねえか」と怒声が飛んできたほど、船頭らしからぬ無粋《ぶすい》な漕ぎ方で、他の川船に迷惑をかけていた。

舟止めの杭に、川船の小縁《こへり》を擦《こす》った衝撃で、鉄之助はハッと目が覚めた。目の前で鬼のような形相で櫓を漕いでいる鶴吉を見上げて、鉄之助が起きあがろうとすると、わざと左右に揺すって落とそうとする。

「ばかやろう鶴吉、何やってやがんだ、このやろう」

鉄之助は縁をしっかり摑んで吠えるように言ったが、鶴吉は益々、勢いを増して、永代橋の船番所に向かって漕ぎ出した。自分でもどうしてよいか分からぬように苛立っており、まるで子供のような仕草で憤懣やるかたない思いをぶつけていた。

「橋番所を抜ければ隅田川、すぐに江戸湾や。このまま海の男らしゅう、海で決着をつけたろうやないか」

鶴吉は自棄《やけ》になって漕ぎ出した。さらに速さが増すが、少し慣れたのか、鉄之助の方も落ち着きを取り戻して、

「鶴……俺を殴ったことは勘弁してやる。だから、こんな無茶苦茶はやめて、きちんと話をしろい。ちゃんと聞いてやっから」

「黙っとれボケ。おまえは俺を殺すだけじゃ飽き足らず、おきよにまで手ェ出したンや。そんなに俺が憎きゃ俺を殺すだけでええやないか。それをなんで、おきよまで。どうせ、おまえとは何が何でも一緒にはならん。そう言われたンやろ」

「おい待て。さっきから、殺すだの何だのと物騒なことばかり言いやがって、一体、何の話だ」

「何の話だア!?」

鶴吉は漕いでいた櫓を放すと、ひらりと身軽に跳ねて、鉄之助の襟に摑みかかった。弾みで舟は激しく揺れて、余りの勢いでひっくり返りそうだった。

「鉄之助。おまえにゃ、つくづくヘドが出るで。俺を海に突き落とした上に、おきよを手籠《てご》めにしようとしたんだな。だから、おきよは死んで……」

「よ、よせ……放せ、鶴……」

鉄之助は抗うが、元々、力が強いのは鶴吉の方だった。同じ船頭の下で、船乗りの修業をしていた頃から、腕力も素早さも、泳ぐことも鶴吉の方が一枚も二枚も上だった。その頃の上下関係が今でも影響しているのか、いまだに喧嘩をしても、鉄之助には勝てる気がしなかった。

「そんなにまでして、おまえは俺のもんが欲しかったンか。こすいことしてでも、勝ちたかったンか。女まで、俺のおきよまで……」

全身に力を込めて責めながら、鶴吉は涙ぐんでいた。真っ赤になっていた鉄之助の顔が、しだいに青ざめてゆく。だが、構わず鶴吉は締め上げていった。

鉄之助がぐったりとなった時だ。ドスンと突き上げられるような衝撃を受けて、鶴吉は思わず手を離した。とっさに振り返ると、

「こらあ！　やめんか！」

これまた身軽に水面を跳ねるかのように鶴吉の舟に乗り込んで来たのは、加治周次郎だった。筋骨逞《たくま》しい体軀《たいく》には似合わず軽業師のような動きだ。加治は体をピタリと鶴吉の背中に合わせると、俵投げのような要領で後ろに投げ飛ばした。足腰が強い上に、よほどの技量がなければ踏ん張りのきかない舟の上ではかけられない。

胴舟梁《どうふなはり》で背を打った鶴吉がもんどり打っている間に、加治は鉄之助に活を入れて息を吹きかえさせた。すうっと顔色が戻ると、

「す、すみません。かもめの旦那……」

と鉄之助はバツが悪そうに頭を下げた。顔なじみというほどではないが、加治とは何度か会ったことがある。

船手奉行の同心たちは普段でこそ、藍染めの木綿の着物を着ているが、取締出役の折は白い絹の着物だ。まるで死装束に襷掛《たすきが》けをしたような格好だが、水の上ではそれが最も目立つ色である。その白装束が船に乗って並んでいる姿を見て、船手のことを〝かもめ同心〟とか〝かもめの旦那〟と呼ぶ者もいた。

「すみませんじゃない。おまえら何をやってンだ。船乗りの風上にも置けぬ。こんなこっちゃ、一番船も取り下げだなッ」

加治が怒りを露わにして声を荒らげながら、接岸した。

途端、小道に飛び降りた鶴吉が逃げようとした。たとえ仇討ちのつもりとはいえ、人を殺そうとしたのを見られたのだ。船手奉行に捕まっては〝本懐〟を遂げられないと思ったのであろう。一目散に走り出したが、その前にスッと立ったのは、薙左だった。

「諦めなさい。逆らっても怪我をするだけですよ」

「何をッ。てめえらなんざ……」

と乱暴な言葉を吐きかけたが、薙左の後ろから来る鮫島の顔を見て、思わず振り上げた拳《こぶし》を下ろした。

鶴吉は鮫島がどうも苦手である。前に何度か、艀の船着場の寄せ方で文句を言われ、喧嘩になったが、あっさり負けてしまったのである。腕っ節には自信のあった鶴吉をして、赤子の手をひねるような塩梅《あんばい》だったのである。

「おう、鶴吉。下田沖では大変なことだったな」

「あ、へえ……」

下田奉行から報せが来ていると察した鶴吉は、今更、抗《あらが》っても仕方がないと諦めて、長年、厳しい旅でもしてきたような疲れがドッと出てきて座り込んだ。確かに、下田沖で海に落とされてから今日まで、もう何年も過ぎたような感覚だった。苦手だと思いながらも、鮫島の顔を見て、ほっと安堵で気が緩んだのかもしれない。

「旦那……あっしは……旦那……」

急に情けない声になって、しゃがみ込んだまま涙が溢《あふ》れてきた。

「なにはともあれ、拾った命だ。大切にしなきゃバチが当たるぜ」

鮫島がそう言って鶴吉の腕を抱え上げて、顔に似合わず優しい声で、「話は船手奉行所で聞くから……おまえも辛いだろうが、悪いようにはしねえからよ」

「へ、へえ……」

涙と一緒に鼻水まで垂れてきた鶴吉に、舟の上から、鉄之助が声をかけた。

「おめえ、本当だったのか？　下田沖で海に落とされたってのは」

「今更何を言うてんねん。どない言い訳をしようが、おまえの悪事は先刻承知の助や。その証拠に、おきよの婿としてちゃっかり河内屋に籍を入れようとしてるやないか」

「…………」

「ふん。ガキの頃から、性根の曲がった奴やとは思うてたが、そこまで腹黒いとは知らんかったわい」

鉄之助が拳を握り締めて憤然と立ち上がって、真っ赤にのぼせた顔になるのへ、鶴吉は皮肉に頬をゆがめて、

「なんや。この期《ご》に及んで、まだ言い訳するつもりか。ほなら、奉行所へ行って、出る所へ出て、きっちりしょうやないか」

「鶴吉。本当に俺は何も知らねえ。何も知らねえンだ！」

そう言うと、船縁から堀割に飛び込んで、素早い泳ぎで対岸まで泳ぐと、船着場の階段から這い上がって路地に駆け込んだ。数間幅しかない堀割だ。舟の舳先を回す間に、鉄之助の姿は消えてしまった。

「何をぼうっとしてるんだ。さっさと追わんか、薙左！」

加治が声を発すると同時、薙左はすぐ近くの橋に向かって駆け出した。

船手奉行所の吟味所は、屋内でありながら、白洲が敷かれてある。格子窓から吹き込む潮風のせいで、上がり框《かまち》も塩でざらついている。

鶴吉は筵を敷いた白洲に座り、その前に船手奉行・戸田泰全が上がり框に、片膝を立てるような格好で座った。

「おまえも足を崩していいぜ」

戸田奉行はいつも口元に微笑を浮かべている。ほっとする笑みではない。どちらかというと、ぞっとする般若《はんにゃ》面の雰囲気で、小さなえくぼが唇の根元にあるが、それがまた不気味なのだ。

「一番船になれなかったのは、おまえが下田沖で誰かに海に落とされたからだ。そうらしいな」

「へ、へえ」

「そのことで、毛馬屋の酒を運んで来た樽廻船の船頭・鉄之助を疑ってるようだが、確たる証はあるのかい」

嗄れ声の戸田はどことなく人を威圧するものがある。鶴吉は背筋がぶるっとなったが、大きく頷き直して、真摯《しんし》な態度で答えた。

「こんなことがあったんです——俺の船の水主たちは船出の二日前に、ちょっとした喧嘩に巻き込まれて、大事な三人が怪我をしてしもうたんです。そしたら、前は鉄之助の下で働いていた水主が名乗り出てきたんですわ。わしらに手伝わせてくれって」

「ふむ。その者たちは信頼できる奴らだったのか？」

「腕はまあまあですが、とにかく人使いの荒い鉄之助には辟易《へきえき》したとかで、是が非でも見返したいって言うんですわ」

「で、雇ったのだな」

「へえ。初めは一生懸命に働いていました。帆の上げ下ろし、雨水の汲《く》み出しは当然で、逆風や時化では〝つかし〟や〝間切り〟をやって船を前に進ませましたから。船頭の俺としちゃ、有り難かった」

海流や風の影響によって船は大きく影響される。順風満帆な航海は少ないと言っても過言ではない。

〝つかし〟も〝間切り〟も逆風に向かって走行する操舵の方法で、帆を半分下げたり、ジグザグに進むことで出戻りを避けるのである。出戻りとは、一度出帆した船が天候や故障のために湊に戻ることである。嫁に出したが離縁されて実家に戻ることの語源である。

「おきよは、出戻りどころか、嫁に行く前に殺されちまったがな。おめえは、おきよを殺したのも、鉄之助のやったことだと思っているようだな」

「間違いないわい。話を戻しますが、お奉行様、遠州灘沖あたりから、新しい水主たちの様子がおかしゅうなった。しばらくは順風だったこともあるが、疲れが出たとか言うてロクに働かなくなった。俺の言うことも鼻先で返事をする有り様で。仕方がないから、出来ることは己一人でやりましたがな」

鶴吉は身振り手振りをまじえて、まるで船を操っているような仕草で話を続けた。

「それまでは、毛馬屋よりも、俺の船の方が十里も水を空けてたはずや。ところが、あの嵐や。いや、嵐ちゅうほどのもんじゃないが、思わぬ大波で水を被ってしもうた。船は酒樽で重いから、急には向きを変えられんし、屋倉を超える波は来るしで、目の前にした伊豆から三、四十里戻ることになった」

「大変だったのだな」

船頭の経験もある戸田奉行は、納得したように同情した。

「下手したら転覆する。勿体ないが酒樽を幾つか捨てんとあかん。そう考えて帆綱を切ろうとした時、ふわっと体が浮いたんや。激しく波に揺られているから、一瞬、自分でも気づかなかったが、足元を誰かに払われたんや。何をするのやッと叫びながら、振り返るとボカンと殴られた」

と鶴吉はのけぞるように倒れて見せた。そして、遠のく意識の中で、縄か何かで縛られているのを感じた。夜のことだから、はっきりは見えなかったが、

――あの三人や……鉄之助のとこにいた水主や……。

そう確信したという。

荒海に落とされて後のことはまったく覚えていない。抗うこともできない状態で、藻掻き苦しみながら、もう死ぬのだなと観念したという。

だが、縛りが甘かったのか、縄が解けた。そして、無我夢中で泳いだらしく、浜に打ち上げられた時は、体中が重くて痛くて冷えていた。暖流とはいえ、秋の海である。よほど運が良かったのだ。本当なら沖へ行く潮の流れのはずだが、強風が幸いしたのかもしれない。

ギラギラとした眩しい光を浴びて目が覚めた時は、妙に頭の中がじんじんとして、不思議な快感に包まれていたという。

「はあ、これが極楽か……そう思うたが、下田奉行様に世話になってることが分かって……それから事情も分かって来たんや」

戸田は黙って聞いていたが、全てを信じたわけではない。

「だったら、どうして下田奉行にその話をしなかったんだ。お上に任せれば、さっさと事の真相を調べたかもしれんぞ」

「話しましたよ。でもね、船手奉行の戸田様でも信じてくれませんやろ？　へえ、顔を見てたら分かりまッさ。それに、海の者が陸の者に助けを求めてどないします。俺はこの手で、卑怯な鉄之助に、きっちり始末をつけたかったんや。たとえ獄門台に上がることになっても。海の男らしゅう、潔くケリをつけたかったんや」

嘆くように言うと、鶴吉は何度も何度も白洲を拳で叩きつけていた。

「話は分かった。後は、こちらで鉄之助と、おまえを海へ落としたという水主たちを引っ張って調べるから、手を出すんじゃねえぞ。ま、しばらく牢に入ってろ。訳はともかく、鉄之助に手をあげたのは事実だからな」

「お、お奉行様、そんな……」

「情けない顔をするな。三食昼寝つきで、あったかい布団もつけてやる。医者も呼んでやるから、ま、せいぜい弱った体を養生させるんだな」

戸田はそう吐き捨てるように言うと立ち上がった。船手奉行なりの優しさである。

七

霊岸島の船着場には、新たに着いた樽廻船や菱垣廻船など松前や奥羽、佐渡や敦賀、はたまた瀬戸内、肥後や薩摩という遠国からの諸物品が次々と積み上げられていた。

河内屋の目の前を大八車が何台も通り過ぎる。人足たちの怒鳴るような掛け声がポンポン飛んでいる。そんな店先から出て来た主人の市兵衛は、手代も連れずに急ぎ足で表通りを日本橋の方へ向かった。小網町に囲っている女の家がある。目指す先はそこだった。

人に尾けられていないか気にしている様子で、幾つかの路地を意味なく曲がっては、背後の人の気配を気にする。明らかに誰かを警戒しているようだが、河内屋の心配は当たっていた。

　薙左が尾けていたからである。

　もっとも、河内屋は気づいていない。小網町の『深山』という小料理屋が角にある路地を入ると、小綺麗な長屋があった。妾のお葉をそこに住まわせていたのである。

「遅いじゃないですか、旦那」

　長屋の玄関から顔を出したのは、鉄之助だった。

「商いをしてるのだ。色々と立て込んでることくらい分かるだろうが」

　なぜか苛々と貧乏揺すりをしていて、土くれた足袋も脱がずに上がり框を踏むと、奥に向かって、

「お葉はどうした」

　と二間しかない中を覗き込んだ。

「旦那が来るからと、鰻《うなぎ》を買いに……」

「そんなもの食い飽きてる。あのバカ、ちっとも気が利かないねえ」

　足袋を乱暴に脱ぎ捨てると、

「で、なんだ俺に話とは」

「へえ。鶴吉のことです。旦那、正直に言っておくんなせえ」

「何をだ」

「鶴吉を海に落とすよう、誰かに頼んだのは……旦那じゃありやせんか？」

唐突な問いかけに、河内屋はほんの一瞬、杖で胸を突かれたように驚いたが、すぐに相手を憐れむような笑みを洩らして、

「おいおい。何を言い出すんだね」

「あっしは、鶴吉に勘違えされて、殺されそうになったんだ。でも誰かに落とされたという奴の話が嘘とも思えねえ。旦那、もし事情を知ってるのなら教えてくれませんか」

「知りませんな」

「確かに鶴吉の船には、俺が前に雇ってた水主たちが乗ってた。あれは……旦那も知ってますよね。鶴吉の水主が誰かと激しい喧嘩をして怪我をして……」

鶴吉が船手奉行に話したことと同じことを、鉄之助は河内屋にした。

「そういや、そんな話をしてましたねえ」

「鶴吉は、その水主たちに落とされたって話だ。奴らは、あちこちを渡り歩いている水主で、あまり素行がよくねえんで、俺が首を切ったンだ。西宮の湊でもあぶれてて、仕事がねえから、人に金を借りては賭場に出入りしてたような奴らだ。ろくに船にも乗ってねえから、体だって鈍《なま》ってたはずだ。だけど鶴吉は、それでも雇うしかなかった……なあ旦那。何か知っ

てるんでしょう？」

　鉄之助は何かにせきたてられるように一気呵成に尋ねた。

「旦那が知らないはずはねえ。佐源太《さげんた》、勝七《かつしち》、房蔵《ふさぞう》……水主はこの三人なんだ。元々は、この江戸でぶらぶらしてたのを、旦那が俺に面倒見ろと押しつけた奴らなんですぜ」

「…………」

「どうなんです？　おそらく鶴吉はそのことを船手奉行所で喋ってやすよ……あっしはね、旦那、店に行けば迷惑がかかると思って、お葉さんを頼ったんだ」

　落ち着きをなくしていた河内屋は、睨むように鉄之助を見た。

「私に迷惑がかかるって、どういう意味だね」

「佐源太たちが本当にそんなことをやったのなら、いずれ旦那の所にも、船手奉行から調べが入りやしょう。そしたら……」

「なんだね」

「旦那と佐源太たちとの昔のことも分かる。いや、あっしは別に何とも思っちゃおりませんよ」

　と手を振って、「でも、下手すりゃ、旦那ご自身が船手どころか、町奉行でお取り調べを受けることにだってなりかねない。そうなりゃ……酒問屋組合の預かり金のことやら何やらが表沙汰に……」

「鉄之助。おまえは私は脅しに来たのか？」

河内屋はもはや商人の顔ではなかった。いや、商人であることは間違いない。先代の河内屋に仕えて、取引先を広く開拓し、幕閣や諸藩の江戸家老ら権力者や豪商らとの交際を密にして、河内屋の身代を大きくした。その実績は誰もが認めるところである。

しかし、中には苦々しく思っている御用商人らがいるのも確かだった。その財力と強引な手法によって、小さな酒問屋を次々と買収して傘下に組み込むことを繰り返し、江戸の酒を寡占する状態だったからである。

「脅しなんて冗談は言わないで下さいやし。あっしは旦那に世話になってばかりだった。だから、ちょっとしたことでも揚げ足を取られるようなことがあっちゃならねえ。そう思って……」

「それが余計なお世話だと言うのだ」

「旦那……」

「ふん。おまえに心配されるようになるとは、私も老いさらばえたものだな」

皮肉っぽく、たるんだ頬肉をゆがめるのへ、鉄之助はもう一度、摑みかからんばかりの勢いで近づいて訊いた。

「じゃあ、旦那は関わりないんですね。鶴吉を突き落とさせたりしてないですね。でないと、殺されたおきよちゃんも可哀想だ。あんなに鶴吉のことを……」

胸につかえていたことを吐き出そうとした時、お葉が鰻の蒲焼きの入った重箱を抱えて帰ってきた。蒸し焼きにしたばかりなのだろう。甘辛い匂いがぷうんと漂っていた。

お葉は部屋に入って来るなり、

「旦那……木戸口の所に、変な若侍が覗き込むように、うろうろしてますよ」

と心配そうな顔になった。お葉は妾ではあるが、河内屋の裏も表もすべて知っている仲である。元々は浅草の矢場の女である。人に知られてはまずい賂《まいない》などの裏金工作や、やくざ者を使って脅迫する仕事などは、お葉が引き受けていたのである。

「見たところ、〝かもめ奉行〟の同心みたいだけど、まさかバレちまったんじゃないだろうねえ。いやですよ、あたしゃ、三尺高い所に登るなんざ」

「どういう意味だい、お葉さん」

慌てて訊く鉄之助に、河内屋は言うなと首を振ったが、お葉は弾みで、

「やだよオ。あんたを一番船に仕組んだことさね」

「！」

「お陰で、おきよまで始末することに、ねえ旦那」

河内屋とは同じ穴のムジナだと思っていたから、さりげなく洩らしたのだが、鉄之助は火鉢をひっくり返したように跳び上がって、

「やっぱり、旦那はッ！　俺がいつそんなことを頼んだ。なんで、そんなことしやがったンだ。俺はそんなことで一番船を取りたいなんて思ってねえ！」

「別におまえのためじゃねえ」

「な、なんだと⁉」

「毛馬屋に勝って貰わないと、俺が困ることになるからだよ」

「てめえ！　どういう了見だ！」

激しく罵《ののし》りながら突っかかろうとすると、河内屋はとっさに押し返した。すると、何処からともなく現れた遊び人と駕籠《かご》屋風が二人、いきなり乗り込んで来て鉄之助の口を押さえて、匕首《あいくち》を喉元に突きつけた。佐源太、勝七、房蔵の三人である。

「お、おめえらッ」

鉄之助は叫ぼうとするが声にならない。暴れた弾みで、お葉が持って来たばかりの重箱がひっくり返った。

抗う鉄之助は、鳩尾を激しく突かれて、三人によって長屋の裏口から狭い路地に運び出された。駕籠屋のなりをしていた勝七と房蔵は、駕籠に鉄之助を押し込むと、何事もなかった

ように長屋から離れた。

直後、薙左が玄関から飛び込んできた。

「何事だ。大声がしたが」

とっさに、お葉が床に散乱している鰻の重箱を片付けながら、

「買って来たばかりのものを落としちまって……あら、さっき木戸口にいたお人ですねえ。うちに何か？」

薙左は怪訝な顔になって、土間や中を覗き込むようにして、

「本当に何も？」

「ええ……」

「河内屋の旦那。私はあなたをずっと尾けて来たんですよ」

と泰然と座っている河内屋を見た。

「実は、鉄之助を見失ってしまいましてね……旦那となら会うだろうと、店を張ってたんだがね……鉄之助はどこです？」

河内屋もお葉も、知らないと答えると、土間にある雪駄《せった》の鼻緒を摘《つま》み上げて、

「これは旦那の履き物じゃありませんよね。ああ、言い訳は結構。私はちゃんと覚えてますから、鉄之助のだって」

と言いながら、畳を見ると、踏み荒らしたような泥がある。それを見た薙左はピンと来たのか、ダッと駆け出た。

それを苦々しく見送った河内屋は、懐から財布を出して、そのままお葉に渡して、

「とりあえず鴻巣のおまえのオジキの所で世話になってな。後で必ず使いをやる。なに案ずることはない。私だって海千山千の奴らとやりあってきた男だ。〝かもめ〟なんかにゃ食われないよ」

八

永代橋を渡った駕籠は、本所深川の方へ向かい、さらに北十間川沿いに吾妻《あずま》権現を過ぎたあたりの人気《ひとけ》のないところで停まった。

猿ぐつわをされた鉄之助が引きずり下ろされた。運んできた佐源太たちは、刺し殺した上で、不気味に青黒い池に投げ捨てて行くつもりである。めったに人が通る所ではないから、いずれ白骨になって誰が誰だかも分からなくなるに違いない。

「さっさと殺《や》っちまえ」

佐源太が命じると、勝七が匕首を引き抜いて刺そうとした。

すると、シュッと空《くう》を切る音と同時に、小柄が飛来して、勝七の頬を掠めた。

「うわッ」

そっくり返るとそのまま背中から倒れた。

「待て待て。貴様ら、鉄之助をどうするつもりだ」

駆けつけて来たのは薙左である。長屋の近くで、すれ違った駕籠から、着物の裾が垂れ出ていたのを覚えていたのだ。すぐさま追ったが姿を見失っていた。

——このままでは、また上役同心たちから大目玉を喰らう。

とばかりに、駕籠を見た者を探して、突っ走って来たのだ。駕籠屋に扮しているのが、佐源太たちであろうことも推察していた。三人も一緒に捕らえられたら、一挙両得というものだ。むろん手柄を立てたいがためではない。鉄之助の命を救いたいという思いで熱くなったのである。

「拙者、船手奉行所同心、早乙女薙左。大人しく縛につくか。さすれば、お上にもお慈悲はあるぞ」

素早く帯から十手を引き抜いたつもりだが、慣れぬ手つきに佐源太たちは小馬鹿にしたように笑って、

「おい若造。俺たちを只の船乗りだと思うなよ。ふん。余計なことをしなきゃ、命まで取ら

ねえものを」

　言うなり匕首で薙左に斬りかかった。何度か血を吸ったような匕首である。どんより曇って、とても日向《ひなた》では見せられぬような汚れすらある。

　三人は鋭く薙左の腹を目がけて次々と突いてくるが、剣術や柔術の鍛錬を重ねた者には、やけに遅く感じる。軽くいなすと、小手投げや霞み取りで腕をねじ上げて倒した。

「や、やろうッ」

　佐源太はドサクサに紛れて、縛られたままの鉄之助を刺し、そのまま池の中に蹴落としてしまった。

「な、何をするンだ」

　薙左は思わず、池にずるずると沈みそうになる鉄之助を助けようと水際に駆け寄った。その隙に、とても敵《かな》わぬと判断したのであろう、佐源太たちは一目散に逃げ去った。

　引きずり上げた薙左は、だらりと流れ出る血に驚いたが、懸命に声をかけながら抱えて地面に戻した。激しく流れる血をろくに見たこともない薙左は、

「頑張れ。傷は浅いぞ」

　必死の形相で語りかけながら、猿ぐつわを外して縄も解いたが、鉄之助はぐったりとしたままだった。

「おい……しっかりしろよ、おい……」

鉄之助の脇腹には匕首が刺さったままである。外すと一気に血が流れる。救命の鍛錬も受けていた薙左だが、周りには誰もおらず、一人で施すには経験が浅かった。

とにかく鉄之助の帯を緩め、それで止血をして背負った。だらりと両手を肩からぶらさげているだけの体は、まるで死体のように重い。

「頼むよ……死ぬな、死なないでくれ……」

薙左は己の甘さを感じた。尾行する前に奉行所に報せを出しておくべきだった。繰り返しそう思うと、悔しさと無念の波に飲まれそうだった。自身番でも橋番でも、事あらば船手奉行所まで走る段取りはいつでも出来ているのだ。

だが、刺し傷はそれほど深くはないようだ。滴る血が少なくなったような気がする。縛られていた縄が幸いしたのかもしれぬ。薙左は助かるように願いながら、とにかく向島の方へ向かった。

——早く医者に見せねば。

その焦る気持ちに鞭打つように、小糠《こぬか》雨が降り始めた。ねっとりと肌に絡みつくたびに、鉄之助の重みも増してくる気がした。足元がぬかるむほどではないが、雪駄が地面に張りついていて歩幅も狭くなる。

　ようやく自身番を見つけて転がり込むと、薙左は身分と名前を名乗って、番人に近場の医者を呼びにやらせた。そして、本所廻りを通じて、船手奉行所に報せが届いたのは、さらに一刻の後だった。

　自身番で手当てを受けた鉄之助は、わずかな間、意識を取り戻したが、うとうとと眠りについたり、傷の痛みに目覚めたりを繰り返していた。

　小舟を雇って、医者を伴いながら船手奉行所に着いたのは、その日の夕暮れのことで、朱門をくぐった時には、戸田奉行自身が口元をへの字に曲げて仁王のように立っていた。

　薙左の顔を見るなり、バシッとビンタを一発くらわせてから、

「おまえのせいで、鉄之助は死ぬかもしれねえ。そう心得ておけ」

「わ、私のせいで……」

「そうだ。詳細は後で聞くが、相手がどんな奴であれ、まずは命だ」

「……は、はい」

　雨で湿ったままの着物の袖で、申し訳なくて出てくる涙を拭うと、

「てめえの気持ちより先にやることがあるだろう。とっととしねえか、このバカ」

「ハイ」

　薙左は今日ほど己が情けなく思えたことはなかった。鉄之助を守りきれなかったからでは

ない。心の奥底ではまだ、

——自分のせいではない。

と思っていたからである。その拙《つたな》い心の襞《ひだ》の中をめくられて尚、それでも、どうしようもなかったと自己弁護しようとする自分があまりにも惨めだったのだ。

台所の傍らにある畳の間に行くと、布団の上に鉄之助が寝かされていて、牢から連れ出されたばかりの鶴吉が寄り添うように座っていた。

「鉄之助。しっかりせんか、おい」

舟底一枚の上で、同じ釜の飯を食った仲である。憎んだ男で手にかけかけた相手だが、絶命しそうな鉄之助を見ると、鶴吉も忍びなかった。

鶴吉が手を握ると、鉄之助もその感触が気付け薬になったのか、

「つ、鶴……信じてくれ……俺は、本当に、おまえを海から……そんなことは、させちゃいねえ……」

「…………」

「本当だ。信じてくれ……おきよちゃんのこともそうだ……俺は河内屋の婿なんぞ、なろうとも思ってねえ……それどころか、おきよちゃんにはキッパリ断られていたよ」

「え……？」

「だからこそ、俺はどうしても一番船になりたかった。男の意地を見せたかった……船も女も、おまえにばっかり持ってかれちゃ、俺の立つ瀬がねえやな……」

　黙って聞いている手をぐっと握り締めて、力を振り絞るように鉄之助は続けた。

「でもよ、俺はそんな卑怯な男じゃねえ……一番船を取っても、おまえとおきよちゃんは一緒になって貰いてえ……そう心に決めてたんだ……だが、あん時は河内屋が……」

　しだいに息が荒くなってくる。

「鉄之助、もう言うな。俺こそ悪かった。佐源太たちを見て、てっきり……謝るで鉄之助、そやさかい、しっかりせえ、しっかり！」

　励ます鶴吉の目にも涙が浮かんできた。二人して一端《いっぱし》の船頭になるのを夢見ていた頃を思い出したのであろう。ぐいと手を握ると、鉄之助も手を握り返してきた。

「……鶴……さすがだ、おまえの手は……ゴツゴツして、日本一の船頭の手だ……」

　そう言うと、鉄之助は急に意識が遠のくように目をつむって、力尽きたようにすうっと眠りに入った。医者がすぐさま脈を取って、眠らせないように頬を叩く。だが、鶴吉に会えて本当の気持ちを伝えられてほっとしたのか、全身から力が抜けた。

「鉄之助……鉄……」

　いつまでも同じようなゴツゴツした掌を握り締める鶴吉の項垂れた姿を、薙左は廊下から、針を飲み込むような呵責《かしゃく》の悲しみで見ていた。

九

加治と鮫島が河内屋市兵衛に縄を掛けたのは、その夜のことだった。

佐源太らが逃げた先を、鮫島が放っていた岡っ引らが見つけ出していたのだ。上方に帰れば、いずれお上の手にかかると思って上州に向かおうとしたのであろうか、板橋宿のとある賭場に隠れるようにいたところを捕らえられた。

「俺たちゃ、河内屋の旦那にそそのかされてやっただけだ。あちこちに借金があったからよ、金で釣られたんだ」

佐源太は潔く、鶴吉を下田沖で荒海に突き落としたことを認めたが、勝七と房蔵はあくまでも白を切り通した。

「知らねえや。そりゃ、佐源太が一人でやったことだろうよ。俺たちゃ真面目に水主の仕事をしてた。あの嵐の中でも、水の汲み出しに大わらわで、船頭の鶴吉さんをそんな目に遭わせるなんて考えてもみねえや」

などと言い張った。ならば何故に逃げようとしていたのか理屈が立たぬ。河内屋から、それぞれ五十両もの大金を貰っていたのも事実である。白洲に引きずり出されれば、言い訳はできまい。

翌朝、船手奉行の戸田は、河内屋を白洲に連行して、鶴吉を殺させようとしたことにつき慎重に吟味した。

船手奉行には、死罪や遠島など重追放の罪を裁決する権利はない。いわば予審みたいなもので、江戸のことならば町奉行所に、上方ならば大坂や京都などの町奉行所に送ることになる。最後の最後は評定所にて結審されるのである。

そのため、咎人たちは船手奉行所を甘く見ることがある。平気で嘘の証言をしたりするのだ。しかし、その不誠実な態度によって、後々、温情すら貰えなくなるのは咎人自身なのだ。

ゆえに、戸田奉行は、

「正直に申せよ。それが河内屋、おまえのためなのだからな」

と、いかにも正直に話せば、命だけは助かると仄《ほの》めかしたが、たとえ直に手を下してなくとも、いわば教唆しただけでも死罪を免れることはない。

河内屋は承知しているのか、曖昧に受け答えするだけで、真摯に告白するつもりは毛頭ないらしい。かといって命乞いをするでもない。不敵な笑みを浮かべているだけだ。

「なんでえ、なんでえ。こんな調子じゃ、町奉行に命乞いの嘆願もできねえじゃねえか」

と戸田は伝法な口調になって、「俺は奉行とは言っても、死罪を捌くこたあできねえがな、それゆえに俺の胸三寸で、町奉行は刑を軽くするかもしれねえんだぜ。事実、何人も助かったんだがな」

白洲の傍らでは、蹲《つくば》い同心のように薙左も控えている。どういう審議をするのか見せられているのだ。形式は町奉行所で行われるものと、さほど変わりはない。ただ違うのは、

——切り捨て御免。

が、白洲においてでもあることである。

船手奉行は海や河川の事件を扱う。いわば、縄張りや仕切のない不安定な所で起こる事件ゆえ、取り逃がせば二度と捕まえることができないかもしれない。

それに、船手奉行の船はそれぞれ、関所みたいなものである。陸でも関所抜けは磔《はりつけ》である。つまり、船手奉行には逃走を図った者を始末する特権があったのだ。海や河川の事件は、真相究明よりも、その場での阻止を重んじられたゆえんである。

だから、船手奉行同心に捕らえられそうになると、徹底して逃げる輩もいた。だが逆に、素直に謝って、再犯をしないと判断されれば見逃されることもある。どっちを選ぶか。それもまた、咎人の〝賭け〟であった。

「どうだ。正直に話した方が、おまえのためになると思うがな」

戸田はそう優しく言うが、河内屋は意地になったように口をつぐんでいた。

「じゃ、鶴吉のことは置いといて……おきよのことを聞くぜ」

「それは……それこそ町方のことではありませんか？」

「正直に言うとな、町方も面倒臭いんだよ。他に色々と捕り物を抱えてる。船手で送られて来たことを、もう一度調べ直して、裁きが決まっても、首切り場まで運んで手続きに則《のっと》って処刑するなんざ、うんざりなんだよ。本音じゃ、『咎人は逃亡を図ったため、その場で斬り捨てた』で済むんだ」

「お、脅しですか」

「どうとってもいいが、升屋は正直に話したよ。ああ、酒問屋の升屋だ。うちの若い同心には、ただ、おきよの姿が見えなくなったから探しに行ったと話したらしいが、どうも塩梅が違った」

「…………」

「おきよは、おまえが佐源太らを使って、鶴吉を海に落とさせたのを知ってしまった」

鶴吉は一番船になろうがなるまいが、必ず、おきよを迎えに来ると口約束をしていた。だが、祝宴の席に現れることはなく、そのことは鉄之助も心配していたのだ。

おきよは酒宴の席を離れた時、佐源太らの話が漏れ聞こえ、

――もしかしたら……。

と嫌な予感がした。おきよは河内屋を廊下に呼び出して問い詰めたが、当然、知らぬ存ぜぬを通した。しかし、おきよは宴会が盛りあがっていた裏で、しきりに佐源太らを問い詰めた。

おきよは先代河内屋の娘で、番頭だった市兵衛とは血の繋がりはない。番頭の頃から、こすっからい男で、父親の先代に隠れては、店の金を着服したり、悪い連中と付き合ったりしていた。佐源太らとも、その頃からの付き合いなのだ。

「なあ河内屋。おまえは、義理とはいえ、娘までも殺すとは、ひでえ奴だ。鶴吉を殺したと思ってたからな、事のついでにと、佐源太らに、おきよも殺させたんだろう。てめえの罪を隠すためにな。そのために、世之助の縄を使って、奴がやったように見せかけた」

「…………」

「鶴吉は性根がまっすぐで賢い男だ。おきよと一緒になられて、河内屋の身代を取られてはたまらぬ。その点、鉄之助ならば、お調子者だし、おまえの思うように操れる。だから、おきよの入り婿にさせようとしたのだろう」

河内屋は思わず目を逸《そ》らせた。奥歯をギリギリと噛みしめているのは、痙攣《けいれん》するような顎の動きで分かる。

「毛馬屋が一番になろうが、伊丹屋が一番になろうが、どっちにしろ、おまえら酒問屋は儲かる仕組みだ。だからよ、これは儲け話絡みの事件じゃねえ……」

戸田奉行は片膝を立てて、河内屋に近づいて睨みつけた。

「おまえは端《はな》から、鶴吉を殺したかった。おきよが惚れた男が、自分にとっちゃ不都合な奴だというだけで、殺してしまったんだ。しかも、てめえの手は汚さずにな……俺が一番、嫌いな奴だ」

河内屋は思わず立ち上がった。

「知ったことか！　佐源太らがやったというなら、そいつらのせいだ。私は何もやっていない。殺せとも何とも言っていない！」

と動揺しながらも、激しい勢いで白洲から出ようとするのへ、

「薙左！　斬れ！」

「――は？」

驚いて立ち尽くす薙左に、戸田はもう一度、険しい声で命じた。

「こやつは、逃げようとした。構わねえから斬り捨て御免にしてしまえ」

震えて刀の柄も握れぬ薙左を、河内屋はフンと鼻先で笑った。戸田はさらに追い打ちをかけて、

「構わぬ。おまえの初手柄だ。斬って始末をつけろ」

薙左はすっと河内屋へ近づいて、両肩を軽く押さえて座らせた。

「私は子供の頃、何度も一番船を見に来ました。父親に連れられて。いつも格好いい、そう思ってたものです」

何を言い出すのだと戸田は見ている。

「剣術でも真剣勝負はあります。でも、船の〝早着き〟には、まったく誤魔化しがきかない。運不運もない。船頭と水主たちが一丸となって、まさに命懸けで死力を尽くす。だから、たった一人の小さな失敗でも、勝負には負けてしまう。だからこそ、死に物狂いで荒波の中で立ち向かうんでしょう？　自分一人が欠けても、他の者に迷惑がかかる。剣術なら、己一人が殺られれば済む話です。でも、一番船の競い合いは違う。どんなことがあっても、誰一人諦めない……そこが素晴らしい……そこが美しいんだ。私は、父親にそう教えられました」

「…………」

「だから、船手奉行同心にも憧れた。海の男には嘘がないからです。偽りがないからです。なのに……なのに、あんたは己の欲望のためだけに海を汚した……海で働く者たちを愚弄した。そのために娘さんまで殺した……」

河内屋は悔しそうに唇を噛んでいる。

「でも、どんな人間でも、川は何事もなかったように流してくれます。そして、海は綺麗に洗ってくれます。私は、船手奉行所もそういう所だと信じています。どんな悪さをしようと、心を洗い清めれば、亡くなったおきよさんも少しは許してくれるんじゃないですか？」

「……………」

「幸い鶴吉さんは生きていた。ひょっとしたら、それはあなたが死罪にならなくて済む運命《さだめ》だったのかもしれない……荒海だけれど、鶴吉さんを救ったのは、海はあなたを罪人にさせたくなかったからかもしれない。私は……残念です。あなたに一縷《いちる》の望みがあるなら、正直に、お奉行に話すことです。そして懺悔《ざんげ》することです」

河内屋は不思議そうな目になって、ちらりと薙左を見た。

「ああ、それから、鉄之助も一命を取り留めました。来年の新酒も、二人が一番船を競い合うかもしれません」

聞いていた河内屋は背中が丸くなって、白洲の砂利粒を見ていた。その白い砂にポタリポタリと水が落ちて黒ずんだ。河内屋の涙だった。

「なぜ、そんなことをしようとしたのか、自分でもよく分からない……」

と河内屋は消え入るような声で、「でも、やったことは取り返しが……」

涙と一緒に声を飲み込んだ河内屋は、しばらく膝の上で拳を握り締めていたが、悔しさな

のか悲しみなのか分からぬ嗚咽《おえつ》を洩らした。その横に労《いたわ》るように座って、

「さ、今度はちゃんと本当のことを、お奉行にお話し下さい」

と囁《ささや》く薙左の姿を、壇上の戸田はじっと食い入るように見つめていた。その顔には、いつもの苦々しい微笑はなかった。

第三話　契りの渡し

一

ギシギシと激しい櫓の音がして、高瀬舟が停まろうとしたが、前につかえていた別の船の艫《とも》に軽くぶつかってしまった。

ぶつかった方の高瀬舟の世事《せいじ》には、船頭や水主に混じって、若い女が顔を隠すように乗っていた。

「そこの舟、待てい」

川船番所の役人が船着場から声を掛けた。ぶつかったからではない。世事に女が乗っていたのを見つけたからである。世事とは高瀬舟などの大きな荷船にある矢倉のことだ。

「申し訳ございやせん」

高瀬舟の船頭・伝八《でんぱち》は声を張り上げて、櫓を止めながら役人に丁寧に頭を下げたが、役人の鬼のような顔は変わらない。伝八はもう一度、深々と謝って、

「すぐ手前の船が急に下がって来たもので、避けきれず……本当に済みませんでした」

前の猪牙舟の船頭も、本来ならば大声で文句のひとつでも叫ぶところだが、なぜか黙っていた。役人の手前、揉《も》め事は避けたかったのかもしれぬ。

「ぶつかったことではない。女が乗ってるではないか。はっきり顔を見せい」

役人は事故や事件に備えて、鉤付きの六尺棒を持っている。いざとなれば船縁《ふなべり》に引っかけて、船着場や河岸に引き寄せるためだ。

ここは、中川船番所である。

江戸湾における海の関所が、浦賀番所ならば、中川の番所は川の関所である。隅田川と中川を結ぶのが小名木川。その交差する北岸に関所があった。さらに、船堀川によって、江戸川と結ばれている。

関八州のみならず、信越、常陸、奥州などを結ぶ幾多の河川水路からは、ここ中川船番所を通らなければ、江戸へ物資も人も運べない。幕府が設けていた諸国五十ヶ所の関所のひとつである。浦賀番所とともに、百万の江戸の人々にとって最も重要な関所だった。

江戸を中心とした関東はまさに水路で繋がれており、水辺を中心に見てみると、入間《いるま》川、隅田川、荒川、利根川から、下総《しもうさ》川、那珂《なか》川、鹿島香取海などを要した肥沃《ひよく》な大地である。農作物の栽培などに適していただけではなく、消費の中心地であった江戸への海や川の道も、自然に整っていたのだ。

さらに深川の開発によって、十間《じゆっけん》川、竪《たて》川、大横川、六軒堀など江戸の動脈として〝運河〟が作られたために、まさに流通の要《かなめ》が、中川船番所だった。

それはとりもなおさず、江戸を防衛する砦《とりで》の役割もあったのである。

高瀬舟の世事から顔を見せた若い女は、美しい顔だちだが、どこか翳《かげ》りのある、幸せとは縁の薄そうな印象で、役人の方も少したじろいだほどだった。その微妙な気持ちを察したのか、船頭の伝八が女を庇うように、

「番所の旦那、ご覧のとおり、この女は少々体を病んでます。どうか通してやって下さいませんか」

と言った。伝八はもう何百回も往来しているから、役人とは顔見知りのようである。女は足もあまり丈夫ではないらしく、伝八も親切で乗せてやった手前、なんとか通過許可を得たい様子だった。

役人がためらっていると、番小屋から出て来たサメさんこと鮫島拓兵衛が、河岸から船を覗き見て、

「まあ、いいのではないか。女のことぐらい大目に見てやれ」

と言った。その途端、すぐさま追って出てきた薙左が、

「ダメじゃないですか、鮫島さん。船手奉行所同心が自ら規則を破ってどうするのです」

とムキになって言うのへ、鮫島は若造が余計な口を挟むなとでも言いたげに、

「〝入り鉄砲に出女〟と言うじゃねえか。江戸に入るンだから、いいだろうよ」

「いいえ。高札に書かれてるように、掟文にはこうあります。『女人は身分の上下によらず、たとえ証文があっても一切通行は許可しない』――違いますか」

「おまえに言われなくても知ってるよ」

鮫島は船頭に向かって、「いいから、通っていいぞ。ガチガチの役人の言うことばっかり聞いてると、関所が混《こ》んでしょうがねえや、なあ。だから、舳先をぶつけたりするんだ」

確かに薙左の言うとおり、船番所を通るには細かな決め事があった。

たとえば、夜間は江戸から出るのはよいが、江戸へ入るのは許されない。乗船している者は関所を通る時は、笠や頭巾を脱がなければならないし、世事に扉があれば開けなければならない。人が入ることができそうな器があれば必ず中を確認する。その他、鉄砲や武具の持ち出し持ち込みも、事前に老中や若年寄らが出す証文が必要だった。

武器、武具に関しては厳格な決まりがあり、鉄砲などは場合によっては解体し、弾丸の数も事細かに調べられた。武家ごとの刀や弓、槍などの数や、通関に関わる細目もあったから、いい加減な取り締まりは御法度なのだ。

「断じて駄目です、鮫島さん。法は守らねばなりません」

と薙左は通行許可を出さないと拘《こだわ》った。薙左とて、四角四面に掟を押し通したくはない。女には何やら事情があるのであろう。しかし、根本の掟を守らないならば、まさしく法の番人はいらなくなる。法を守ることが最も大事なことなのだ。

「守ることが大切ねえ……だがな、ゴマメちゃんよ、物事には〝例外〟というものがあるのだ。いいぞ、行って」

とさらに鮫島が言うのへ、薙左はますますムキになり、両腕を広げて阻止した。

「例外とは何ですか。おっしゃって下さい」

「病人とか、嫁入りとか、だ」

「そうです。この女は病人だとしたら、医師が一緒でなければなりません。嫁入りに向かっているとも思えません」

「あのなあ、早乙女。そんなギシギシにお勤めをしてたら、船手同心なんぞ勤まらねえぞ。魚心あれば水心。少々のことには目をつむる。しかし、大きな悪党にゃ牙を剝く。これが鮫島様の生きる道ゆえ……」

薙左はビシッと鮫島の無駄口を止めて、

「とにかく、この場は、一度、上がって下さい」

と高瀬舟の女に声をかけた。船頭も女もためらっていたが、鮫島は仕方ないというふうに顔をしかめて、上がれと指図した。

女はゆっくりした足取りで、薙左が差し伸べた手につかまりながら、河岸に上がった。ひんやりとした冷たい手だった。その手首には、独特な濃い緑がかった色合いの数珠《じゅず》がきつく縛られてあった。

――やはり、どこか病んでいるのか。

と薙左は情けをかけそうになったが、黙ったまま、番小屋の裏手にある休息所に案内した。女は少し足を引きずっていた。

入母屋造りの御番所があって、船手奉行所では、〝中川の本陣〟と呼んでいる。まさに江戸の防衛を意識してのことである。御番所には、番頭、添士、小頭らが三交代で詰めており、昼夜を分かたず検問をしていた。

本来、中川番と呼ばれる川船奉行は、若年寄直属で、数千石の大身の旗本が任務に就いていた。よって、番頭には、旗本の家臣から有能なものを配している。

しかし、『船手奉行』が江戸を中心とした海と河川を管轄しているので、川船奉行は旗本の名誉職のようなものだった。実務は『船手奉行』に任されていたのである。

もっとも、川船奉行は元々、江戸や関八州の河川のみならず、房総半島の太平洋沿岸から、伊豆、相模湾、駿河湾にわたる広い範囲を支配していた。ゆえに、江戸で起きた事件や事故で、探索海域が広がった時には、中川番の旗本にお出まし願うことになる。名誉職といえども、わずか二百石の旗本『船手奉行』の戸田泰全とは比べようがないほど威厳があるのだ。

現在で言えば、警視庁の水上警察署長と海上保安庁長官の違いであろうか。

三河以来の徳川家旗本・八千石の細川武蔵守政爾《ほそかわむさしのかみまさつぐ》が、中川番であった。ふだんはおっとりとしているが、管轄内で不審な点あり、と判断するや、特権をもって乗り出してくるので、船手奉行所からは煙たがられていた。だから、

——なるべく問題を起こさぬよう。

淡々と事務をこなすことを、戸田は望んでいたのだが、番頭の松井《まつい》主水《もんど》は細川武蔵守の腹心中の腹心と言われている。船手奉行のちょっとした失敗でも告げ口するから、幕府評定所で取り上げられる問題にも発展しかねない。だから、正直なところ、戸田としても、万事平穏にと願っているのだ。

そんな中で、薙左のようにカチコチの対応をしていたのでは、丸く治まるものも治まらなくなる。

「でも、それは逆でございましょう。きちんと調べておらず、後で何か齟齬《そご》が発覚すれば、それこそ大問題になりましょう」

と、薙左はもっともなことを言うから、鮫島もムカつくのであった。

「まあいい。そのうち、おまえにも分かる。角は丸くしなきゃ、船はぶつかっては壊れてばかりだ。おまえはずっと四角いままでいろ」

鮫島は嫌味を言って、様子を見ているのであった。

船手奉行所同心が、中川番所まで出向いているのは、いつものことではない。通常の荷改めは、番人の勤めだからだ。大概が事件絡みである。抜け荷や阿片はもとより、殺しや盗みの咎人が逃亡した時、幕府への謀反《むほん》人を探索する折なども、戸田泰全率いる船手奉行一党が出向くのである。

今般も、実は北町奉行の遠山左衛門尉からの打診を受けて、戸田が動いたのである。その内容とは、

――さる幕閣の命を狙う輩《やから》を見つけ次第、根こそぎ捕らえろ。

とのことだった。もっとも船手同心たちにしてみれば、北町に指図されることが少々面白くなかった。

「所詮は、船手は吹きだまりのような所。町方の手足になれるのを、有り難く思え」

というような定町廻りの与力や同心らの声が聞こえそうである。とはいえ、水際を押さえることは重要な江戸警護であり、船手同心としては当然の勤めであった。

二

船番所裏手の休息室に、女を招いた薙左は、青白い女に、火鉢にかけておいた温かい甘酒を差し出した。

「すみません。意地悪をしてるのではないのです」

薙左が優しい眼差《まなざ》しを向けると、女は承知していると頷いて、両掌で湯呑みのぬくもりを確かめるように持って、少し口に含んだ。手首の数珠が微《かす》かに音を立てた気がした。

「その数珠は？　何かのおまじないですか」

という薙左の問いかけに、女は聞こえないふりをして、

「おいしい……」

とだけ言って、ほっと息をついた。薙左を振り向いた目には微かに笑みすらこぼれていた。若いといっても、二十代半ばを過ぎているであろうか。甘酒のせいで、ほんの少し目元が色づいたが、やはり不幸を背負っているような印象は消えないままだった。

「川の番所は、けっこう、うるさいんですよ。我慢して下さい。それこそ、怪我人や囚人、女には厳しいのです」

薙左が声をかけると、もう一度、女は分かっていると頷いた。

「それを承知で、わざわざ舟に乗って来たのには訳があるのですか？」

「…………」

「まず、名前から聞きましょうか」

「あ、はい……」

女は少し困ったように俯いて、

「咲《さき》、と申します」

とだけ消え入るような声で呟《つぶや》いた。

「お咲さんか。本当の名、ですね？」

「はい」

「女の通行に厳しいのは、その身分があやふやだからなんです。あなたを疑ってる訳ではないが、女というのを隠れ蓑にして、盗賊の手引きをしたり、江戸に隠密に入ったりする者もいる。一々、調べていては切りがないが、あなたも陸路で江戸へ向かえば、道中手形を改めるだけで済んだはずなのに」

「…………」

手形には、常陸土浦小岩田村庄屋兼吉の娘とある。女の身分は父親や夫の名があって、当人の名はなく、妻とか娘という文字しかないこともある。それが身元を隠すことにも利用される。

「常陸か……随分、遠い所から来たのだな」

足がよくないのなら、土浦から霞ヶ浦へ舟を乗り継いで、利根川を遡上し、関宿の関所から江戸川を下って来たのであろう。

「こんな事を言ってはなんだが、船頭の中には、この関だけを避けさせて、この先でまた乗せる、なんてことをする者もいるそうです。そうしろと言ってるわけではないが、役人に見つかるのを承知で、乗っていたのはなぜですか？」

「ですから……足があまりよくないもので」

「では、江戸の何処《どこ》へ行くのです？」

「あ、はい……」

お咲は照れ臭いのか、薙左の顔をまともに見ないまま、「大根河岸で小さな青物屋をしている啓助《けいすけ》という人を訪ねます」

「大根河岸の啓助、ね」

京橋から北紺屋町にかけて、関東各地から集まる野菜を中心とした青物市場があった。通称、大根河岸といって、卸し商や担ぎ商に混じって、一般の町人たちも新鮮な野菜を求めて賑わっている所だ。

「八百屋をやっているのですか」

「はい。小さな店ですが、なんとか二人で暮らすには充分でした」

「二人？　お咲さんは、その啓助という人の何なのです」

「そこまで、お話ししなければならないのですか」

「ええ。これも、お勤めですから」

本来なら、手形で分かる範囲のことを聞いて、陸路の方へ送り出すだけで済ませたが、さる幕閣重職の命を狙っている者に対する探索ならば、小さなことも見落とすわけにはいかない。薙左がそう考えていることを、まるで理解しているかのように、お咲は小さくコクコクと頷いて、

「お恥ずかしいことですが、啓助さんとは内縁でした。それも、三月程前に〝離縁〟を言い渡されて、実家へ帰っていたのですが、どうしても縒《よ》りを戻したくて……」

「あなたが来ることを、相手は承知しているのですか」

「あ、いえ……それは申しておりません」

「では、突然に？」

「何度か文を出したのですが、返事が参りません。ですから、居ても立ってもいられず、私

は……」

何かにせっつかれているような顔になったが、お咲はなんとか感情を抑えつけたようだった。その話も本当か嘘か測りかねた。薙左はしばらく、その横顔を見つめていたが、素直に謝った。

「そうですか。余計なことを聞いてしまいましたね」

「いいえ。本当のことですから」

と、お咲は言うと、また小さく頷いた。それが女の癖のようだった。相手に同意しているというよりも、自分を納得させているような仕草に見えた。

「道中手形などの調べが済んだら、駕籠を用立てましょう。あるいは、啓助という人に迎えに来て貰ってもいい。その足では大根河岸まで行くのは、いかにも辛そうだ」

「いえ、そんな甘えるわけには……」

「いいのです。規則とはいえ、私が強引に舟から降ろしたのですから」

「……申し訳ありません」

お咲が深々と頭を下げて、まだ甘酒が残っている湯呑みを傍らに置いた時である。船番小屋の外が俄に慌ただしくなった。

「何かあったのかな」

　薙左が休息所から出て、川の方を見やると、二人の遊び人風が転びながら、格子櫓《やぐら》の方へ逃げようとしている。門番を突き飛ばして逃げようとしているのを、素早い動きで追って来た鮫島が、

「待て、このやろうッ」

　と怒声を浴びせながら、小柄《こづか》を抜き払って、逃げる遊び人の一人の足を目がけて投げた。小柄は脹ら脛に命中した。つんのめるように転んだ遊び人は勢い余って、門の傍らの縁石で頭を打って失神した。

　もう一人の遊び人はそれを見て、懐から匕首を取り出して、悲鳴を上げながら鮫島に突きかかったが、ほんの一瞬のうちに小手投げで倒されて背中から地面に落ちた。息ができなくて藻掻いていた。

「鮫島さん。なんです、そいつら」

　薙左が声をかけると、鮫島は声を荒らげた。

「ぼうっと見てねえで、とっとと縛れ」

「は、はいッ」

　と薙左が押さえ込もうとしたが、それよりも先に、番兵らが一斉に躍りかかり、身動きできないようにした。ならず者風の一人の顔を覗き込むと、先程、女が乗っていた高瀬舟がぶ

つかった相手の船頭だった。

「一体、何があったのです」

「ゴマメ。おまえのお陰かもしれねえな」

「は？」

「舟をぶつけられて文句のひとつも言わねえのは妙だ。俺はそう思ってな、おまえが女を調べてる間に、こいつらの荷をジクジク調べてやったのよ。そしたら、空の油樽の中に隠れてやがった」

と小柄な方の遊び人の首根っこを捕まえて、

「こいつは前々から、町方で探してた、紋七《もんしち》ってショボい阿片の売り人だ」

「阿片の……」

「ああ。江戸って所は、おまえがまだまだ知らねえような、どうしようもねえ悪の巣窟がある。こいつら、蜂が蜜を吸うようにそこに集まっては、妙な薬を使って人を食い物にするんだ」

「なんだ、タナボタか」

薙左が笑うと、鮫島は手段や経緯がどうであろうと、悪党を捕まえて始末することが肝心なのだと力説した。さほどに、船番所には怪しい輩が蠢《うごめ》いているのだ。

きちんと、『極印打《ごくいんうち》』のある舟だった。川船改役に届け出て登録し、通行料として冥加金を払っている船だけが、往来を許される。極印のない船は一切、江戸湾や河川に入れない。その刻印は、立板の外側に、御役所御極印と紋様とともに彫られており、船頭は焼印を押した鑑札も持参していなければならない。もちろん、船荷の目録や船主や荷主の依頼書なども必要だった。

だが、船主や荷主が知らないうちに、船頭が金を握らされて、罪人や抜け荷などを隠して関所を通そうとすることは、ままある。

「こんなことのために、船頭も一生を棒に振る。バカなことをしたもんだぜ」

項垂れて大人しくしている船頭を、薙左は得も言われぬ苦々しさで睨んでいた。その視線に気づいたのか、

「じろじろ、見るンじゃねえや、このクソやろうが」

と船頭は悪態をついていたが、ならず者たちと一緒に捕方に連れ去られた。御定書に従えば、毒薬や阿片を扱うと、死罪は免れない。荷担した船頭も重い罪になることは間違いなかろう。自業自得とは言え、

——命をもって贖《あがな》わねばならぬほどの罪をなぜ犯すのか。

と薙左は、その船頭たちを哀れに思った。

お咲を乗せて来た高瀬舟の船頭の方は、本来、鑑札お取り上げになるところ、鮫島の顔で、

今回限りはお咎《とが》めなしとなった。世話になったお咲も、さぞや安心しているであろう。薙左が休息所に報《しら》せに戻ると、お咲の姿はなかった。

「！………」

騒ぎの間に、抜け道を出て、一人で江戸市中に向かったのであろうか。

「しまった……」

薙左は己の失態を恥じ入ったが、鮫島は阿片の売り人を捕まえたことで、元締などもっと大物を釣り上げられると喜んだのか、

「だから言ったじゃねえか。あんな女一人、どうってことないってよ」

タナボタだということを忘れて、鮫島はまたぞろ調子のよいことを言い出した。

「まあ、あの女のお陰で、悪党が何人か捕まったンだ。通り抜けくらい勘弁してやりゃいい。ま、気にするな。おまえのドジも、上には黙っといてやるよ。かように、川船の関所には、色々な奴が通ってるってこった。それさえ心得ておれば、どいつが悪党で、どいつが善人か……次第に目が肥えてくるもんだ」

「そんなものですか」

「ああ、そんなもんだ」

確かに、鮫島には犯罪の臭いを嗅《か》ぐ力があるのであろう。それは認めるが、薙左にはやは

り、消えた女の行方が気になっていた。

三

その日の夕暮れ、川船番所から見ても鮮やかな夕陽かと見紛《みまご》うような大火事が、江戸市中で起きた。

罹災《りさい》したのは、日本橋北紺屋町と亀沢町界隈だという。

「大根河岸の近くじゃないか」

薙左は、お咲の顔を思い出した。その火事と女が関わりあるとは思えないが、妙な胸騒ぎがした。薄幸そうな面立《おもだ》ちだったからであろうか。

火はしばらくして治まった様子で、日がとっぷりと暮れる頃には、炎もすっかり消えて、夜の帳《とばり》が降りた。

しかし、川船番所は、むしろ夜の方が多忙を極める。

昼間は不審船は一目で分かるし、万が一、逃走しても、迅速に対応が出来る。番所を通らず、夜陰にまぎれて、あるいは釣り舟に扮して、ご禁制の薩摩人参や肉桂、砂糖、川獺《かわうそ》の皮、鼈甲《べっこう》などを江戸に持ち込む輩は後を絶たない。欲する者がいるから、売る者がいるのだが、やはり御定法は守らねばならない。

船手与力・加治周次郎が様子窺いに、川船番所を訪れて来たのは、その夜の四つ（午後十時）を過ぎてからであった。少し空模様が崩れて、小雨がぱらついてきていた。

「このまま、大雨になってくれりゃ、さっきの火事でくすんでる火が、すっかり消えるんだがな」

加治は冗談混じりでそう言ったが、雨の夜は必ず、抜け荷の獲物が捕まる、そういう言い伝えが、船手奉行所内ではあった。しかし、これは偶然の産物ではなく、雨が降れば当然、荷物を庇って被《かぶ》せものをする。その誂《あつら》え方によって、器と中身のズレを見抜くことができやすいからである。

水に弱い御禁制品などは、庇いたくなるのが人情だ。抜け荷に限らず、咎人などを隠した舟の水主たちの様子も、少し浮き足立つのである。

もっとも、抜け荷だの咎人だのを隠している舟は、往来の量の中では、極々《ごくごく》わずかである。だが、その一点を崩せないことには、江戸の安寧は守れない。川船番所の通行は、日の出から日の入りまでである。例外として、老中や目付が許可した公儀御用の者だけは許されたが、真夜中も、船手奉行は目を光らせていたのだ。

番小屋の外れに、〝脇本陣〟と称する木賃宿があった。番人らが寝泊まりする所で、番所を〝本陣〟と言うことから、そう呼んでいた。鮫島は早々に、寝酒を飲んで、二階の部屋で眠っていた。

「しょうがねえなあ」

と加治は軽く溜息をついただけで、何も言わなかった。阿片一味の発見の功労を讃《たた》える代わりであろうか。

まだ若い薙左は、夜明けから丸々一日、出入りする舟を睨んでいたが、

——幕閣の命を狙う輩。

らしき者を見つけることはできなかった。

「その幕閣とは、一体、誰なのですか？」

薙左は、〝脇本陣〟入り口の土間で、火鉢に手をかざしながら、加治に訊いた。

「うむ。下手に知らせない方がよかろうと、トド……いや、戸田奉行も言っておったが、そうもいくまいな」

「私は下っ端ですが、幕閣を襲撃するなどという不逞の輩は、断固、許すことができませぬ。どうしても訊きたいのです」

「よかろう。おまえは口が堅そうだ」

「はい。断じて、口外しませぬ。たとえ鮫島さんにでも」

「いや。奴はもう知っておる」

「あ、そうなのですか……」

　薙左は少し複雑な思いに囚われた。やはり、まだまだ仲間として認められていないのであろう。それは、やむを得ないことだ。己の信念に従って、実績を積むしかあるまい。

「実はな……」

　と加治は、傍らのスルメを火鉢で炙《あぶ》りながら答えた。

「寺社奉行の北条出羽守《ほうじょうでわのかみ》様なのだ」

「あッ。ひょっとして⁉」

　薙左が素っ頓狂な声を上げたのは、与力や同心ならずとも、当然であった。

　一年程前のことである。

　江戸城には年に一度、三社祭りの折に、一日だけ、町人を江戸城内に入れて、能楽などを見せる宴席がある。町人と言っても、町名主をはじめ、豪商や著名な職人などが入れるだけである。

　その催し物は、寺社奉行北条出羽守の責任のもと執《と》り行われる。開帳などを通じて、神社仏閣と町人との関わりは深いからだ。

　しかし、その下で務める寺社奉行吟味物調役《しらべやく》は、旗本職である。同じく配下の神道方とともに、祭事とはいえ、江戸城中に町人を入れるということで、様々な管理や防護をしなければならなかった。

そのことで、北条出羽守は吟味物調役の堀田監物《ほったけんもつ》をコキ使っていたのだが、元々、犬猿の仲と言われた二人は些細《ささい》なことから、祭りの準備の最中、事もあろうに城内で喧嘩とあいなった。

当然、喧嘩両成敗になるはずが、北条出羽守が上役だということで、旗本の堀田監物の方が御役御免となり、さらに不行跡につき、切腹の上、御家断絶となってしまったのである。まるで、歌舞伎の『仮名手本忠臣蔵』のような事態となったことから、幕府はしばらく警戒をしていた。

旗本は将軍の家臣である。その裁きに背けば、亡き殿の顔に泥を塗ることになりかねない。しかし、寺社奉行の北条出羽守は生き延びたゆえに、一方的に堀田監物をバカ呼ばわりして、忠義のチの字もない腑抜け侍と幕閣や諸藩の江戸留守居役らを相手に、所構わず吹聴していた。もちろん、そんな態度を取っていれば、

――本当のバカ者は、北条出羽守の方だ。

と誰もが思うであろうが、寺社奉行の北条出羽守は一万五千石とはいえ、徳川家とも縁《ゆかり》のある大名ゆえ、取り立てて非難する者もいない。いずれ近いうちに隠居する身。幕府の重職

たちも、妙な言葉を返して、トバッチリを喰らうのを避けているのであろう。

だが、旗本の堀田家家臣からすれば、主を失って路頭に迷ったのだ。中には、他家に拾われた者もいるが、小姓から仕えた者たちや、武門の意地を張る者は、断固、一矢報いたいと願っている。そういう思いで、野《や》に下った者が、虎視眈々と、北条出羽守の命を狙っているということが、目付らの調べで分かったのである。

確かに、堀田監物は旗本であるがために、江戸市中で天災などがあった時や疫病の流布などがあった場合に、あらゆる寺社と掛け合って、私財を投じてでも、救済措置を取っていた高徳の武士であった。それゆえに、家来たちには歯がゆさが溜まっていた。

しかし、幕府側としては、事を行う前に、元堀田の家来たちを捕らえて処刑をすることなどできぬ。別件で捕縛して、悉《ことごと》く事前に処理をしたいが、それもまた難しい。

ならばいっそのこと、元の家来たちに襲撃をさせ、北条出羽守を仕留める前に、捕らえることが最も有効ではないか、と幕府重職は考えたらしい。

「そ、そんなことが……」

薙左は唖然となった。幕府という大きな千石船の中にあっては、己が櫓板《やぐらいた》か胴梁の小さな板にしか思えなかった。

「それが妙な塩梅でな」

と加治は曰《いわ》くありげな目になって、「夕暮れ時のあの火事……どうも気になる」

「は？」

「北条出羽守の中屋敷のすぐ近くなのだ。このところ、出羽守はぞっこんの側室と共に、半ば隠居のように、そこで暮らしておる」

「………」

「そして、火事の折は、町火消し一番の百組をはじめ、近くの他の組も集まって、火の手が及んだ出羽守の中屋敷にも入って、後から来た大名火消しとともに消したそうな」

「そのことが何か？」

薙左が問いかけると、加治はさらに険しい顔になって、

「町火消しの中に、堀田監物の元家来がいた節がある。稲本甚次郎《いなもとじんじろう》という者だが……つまり、わざと火事を起こして、そやつが出羽守の中屋敷を探ったようなのだ」

「仇討ちで出羽守を襲うための下調べ？」

「おそらくな。しかし、町火消しとして暮らしていた稲本は、それからすぐに姿を消した。出羽守は直ちに上屋敷に移るか、あるいは国元の下総小見川に戻るかもしれぬ……だが、そうして動いた隙を襲って来るやもしれぬ。他に移るか、じっと中屋敷を動かぬか……いずれにせよ、堀田監物の遺臣たちは明らかに動き始めたということだ」

「そこまで分かっているのでしたら、町方のみならず、御公儀の番方や出羽守の家臣、それに呼応する大名なども警戒してるでしょうに。そしたら、幾らなんでも襲うことなどできないのでは……」

「さあな。それはまだ誰にも分からぬ」

「加治様」

薙左が真顔で見つめるので、体を温めるために少し含んだ甘酒が苦く感じた。

「なんだ」

「私には事情はよく分かりませんが、堀田監物様の家来たちの悔しさには同情します。さりとて、仇討ちなどをして一体、何になりましょう。それが武士道だと言うなら、私は……いえ、分かりません。何が真実《まこと》なのか分かりません……でも、堀田様の元家来をトッ捕まえて裁くことよりも、仇討ちなどをせぬように、止めてあげる方が先ではありませぬか？」

加治は意外なことを言われて、薙左の顔をまじまじと見つめ返した。

「違いますか、加治様。生きる道を、考えさせてあげることは、できないのですか」

「……さあな。おまえの心根が優しいのはよく分かった。だがな、考え違いをするな。俺たちが今やることは、どんな正義があろうとも、安寧や秩序を乱す不逞の輩を見つけることだ。それが、おまえの言う仇討ちの阻止に繋がるのではないか？」

「…………」

「篤と心して調べろよ。高輪や四谷の大木戸も厳しくなってきた。俺たちは海と川の番人だ。分かっておるな」

「はい」

薙左は頷くしかなかったが、なぜか脳裡を掠《かす》めるのは、姿を消したままのお咲のことだった。

四

翌早朝、霧雨の中、川番所の門外に、一人の老婆が立っていた。

藍染めの木綿地の野良着に、厚手の丹前を被るように身にまとい、かじかんだ手に白い息をふきながら足踏みをしている。誰かを待っている様子で、少し煙っている遠くを見ているようであった。

日除船、茶船、水船、海鼠《なまこ》船、引船など小型の川船が、次々と引き込まれるように、番小屋の前の船溜まりに来て、役人たちの調べを受けていた。それを食い入るように見ている老婆に気づいた薙左は、雨具もつけていないので、

「おかあさん。風邪を引きますよ」

と番傘を持って近づいた。

閉じられたままの格子門の外にいるので、番傘を隙間から手渡そうとすると、

「そんな、偉いお役人様が……勿体ない。どうかお気遣いなさらず」

と丁寧に頭を下げた。おかあさんと呼ばれたことにも驚いたようだが、おばあさんと呼ぶのは失礼な年頃かな、と薙左は思ったからである。老婆はその気遣いも感じた様子で、傘を拒んだが、

「遠慮はいりません。ささ、さして下さい。そんな所で倒れられた方が迷惑ですからね。ささ、おかあさん、本当に遠慮せずに」

薙左が微笑《ほほえ》みかけると、老婆はそれ以上断ってもかえって迷惑がかかると思ったのか、ありがとうと掌を合わせて受け取った。

その時、「あれ？」と薙左は思った。

――同じだ。

お咲という女が手首にきつく掛けていた数珠と同じもののようである。薙左は気になって、しばらく見つめていると、老婆は番傘を重そうにさして、白髪の頭を下げた。

「おかあさん……その数珠は、何かおまじないでもあるのですか。いえね、他にも同じよう

なのをしてる人がいたものですから」

「どこにでもある数珠です」

「でも、締め方が……そうやってギュッとやってるのでね」

「落ちないためにこうしてるだけです。ま、おまじないと言えばおまじないですかね。日々、平穏に暮らせるようにと」

「そうですね。平穏が一番ですね」

　薙左はそう答えたものの、釈然としないまま番小屋に戻った。そして、番頭の松井主水が厳《いか》つい顔で目の前の船溜まりを睨んでいる傍らの土間から、老婆をしばらく見ていた。

　半刻余り、人待ち顔で立っていたであろうか。

　霧雨も上がって、少し晴れ間が見えたので、老婆は番傘を丁寧にたたんで、門番に手渡して、深々と頭を下げると踵《きびす》を返して、どこかへ立ち去ろうとした。

　薙左が思わず、老婆を尾《つ》けて行こうとすると、何処から見ていたのか、鮫島が背後から近づいて来て、

「おまえも、あの婆アに目をつけたか」

「婆アはないでしょ」

「どう見ても婆アじゃねえか。ま、いいや。後は俺が調べて来るから、おまえはここでじっ

としてろ」

「え？　あの人、何かあるんですか」

「いいから、じっとしてろ」

と鮫島は苛《いら》ついた声で言って、「おまえは俺に言われたとおりにしてりゃいいんだ。いいな、ここから絶対に動くなよ、ここから」

地面を人差し指でさして、スタスタと雪駄を鳴らしながら、門番に扉を開けさせて、小名木川の道に出て行った。その先に、背を丸くした老婆がさらに小さくなって、立ち去る姿が見えた。

薙左は言われたとおりに、その場に立ったまま、御番所の壇上で通行する幾艘もの船を見やっている番頭の松井に声をかけた。

「さっきのおかあさん……いや老婆のことを松井様もご存じなのですか？」

「…………」

「どうも気になるンですよねえ」

松井はまったく知らない顔をしている。

「何か訳ありなのですか？　門番とも随分、顔見知りのようだし」

繰り返し薙左が訊くので、松井は迷惑そうな顔をしたが、

「ほとんど毎日、来ておるが、何処の誰かは知らぬ」

「毎日……なぜですか」

「それより他は知らぬと言うたはずだ」

薙左は苦々しく口をゆがめた。直属の上司でもないのに、居丈高に振る舞うからである。もっとも、船番所においては松井の方が権限があるし、何より旗本八千石の一番か二番の家臣である。顎《あご》を上げてモノを言うのは仕方あるまい。

しかも、薙左たちを武官とするなら、松井たちは文官だ。天保の世にあっては、武官の方が野卑で低い存在に見られていたのである。

——まったく、管轄をキッチリして貰いたいものだ。

と薙左も一端の役人のように、ひとりごちた時である。

目の前の船溜まりで、またぞろ揉め事があったらしく、ぞろぞろと川船番所の役人が集まり、それを御番所の高座から見ていた松井主水もぬっと立ち上がった。座っていた時にはあまり感じなかったが、六尺近い大きな体軀である。

「鉄砲だ、鉄砲だ！」

添士や小頭らが騒ぎ立てている。

薙左はできるだけ冷静に見ようと、傍らに一歩身を引いて様子を窺っていた。送手形《おくりてがた》と家来印鑑の照合だけで、関所を通ることができるのだが、どうやら事前に届け出ていた以上の武具を運んでいたようである。

「無礼者！　川船番如きが無礼なッ。当方、一橋《ひとつばし》家家老の荷船だと承知で、かような振る舞いを致すのか！」

一橋家の家老が直々に乗船していたようだが、事前に通達していた数量と違う鉄砲や弾薬があれば、即刻、停止で、何日にわたってでも調べられる。その権限が必要ゆえに、大目付級の旗本が中川番として控えていたのである。

「一橋家の御家老・大宮様とお見受け致しました」

と松井は丁重に向き合って、少し腰を屈めた。

「しかし、御定法なれば、それに従って貰わなければ困ります。まして一橋家の御家老ならば、率先して法を守るのが本道ではございませぬか」

松井は正論をかざしたが、すでに下級武士である番頭らに無礼を被ったと頭に来ているから、大宮も引くに引けない。

「そこのところを、どうかご寛容願いたく存じます」

と松井は淡々と、いかにも仕事が出来る官吏の口調で続けた。

「鉄砲は三挺まで、玉数は百、煙硝九十九貫目との決まりなれば、お守りいただきたく、平にお願い致します。無理を道理として通すならば、いかに御三家御家老でありましょうとも、中川番・細川武蔵守にお出まし願い、評定所にてお調べすることになりますので、ご承知のほどお願い致します」

「き、貴様……私を脅すのか」

「お頼みしておるのでございます。どうか、ご理解賜りますよう」

言葉は穏やかだが、決して譲らぬという決意の松井の厳つい顔に、家老の大宮は引かざるを得ない雰囲気になった。周りには添士、小頭、そして下役人たちが、まさに一触即発を懸念して身構えていたからだ。

「番頭の名を聞いておこう」

「松井主水と申します。今日は特に……さる幕閣重職警護のためでもありますので、ご無礼の段、お許し下さい」

大宮は〝幕閣重職警護〟という言葉に、わずかに反応した。松井はさほど気にしなかったようだが、端から見ていた薙左には、少々、不自然な態度に見えた。

しかし、大宮はそれ以上、何も文句を言わず、松井の指示のままに、規定以上の武器弾薬を船番所に留め、江戸入りをした。

その様子を、加治も船着場の一角から見ていた。石畳が数段高くなっている見張り台から、

川風を浴びながら、丁度、松井とは反対側の所から眺めていたのだが、

——どうも妙だ。

と感じていた。大宮の行動が、である。

そもそも家老ともあろう身分の者が、日除船とはいえ、同行することがおかしい。加治は長年の水際探索の勘から、何か隠していると思わざるを得なかった。だが、相手が相手だ。船手与力どころか、船手奉行の戸田泰全がまともにぶつかっても、どうにかできる相手ではない。下手をすれば首が飛ぶ。

加治は薙左に近づいて、

「早乙女、おまえはここを動くな」

「は？」

「俺は奴を尾けるから、他に不審者が来ないか、目を配るのだ。よいな」

「一体、どうしたのです」

「如何に、おまえの考えが甘いか、証を引きずり出して来てやるよ。仇討ちというものは、武士道という義理でやるものではない。抑えきれない人情がさせるものだ」

「…………」

「人情というものが、一番ややこしい。善悪を超える、いや、忘れさせるからな」

加治はそれだけ言うと、小名木川を隅田川に向かって進む一橋家ゆかりの日除船を、ゆっくりと尾け始めた。

前々から、加治は、一橋家が旗本堀田監物の遺臣たちの後押しをしていた節があることを摑んでいた。仕官の面倒を見てやっていたのも確かだ。しかし、それを額面通り受け取るのも危うかった。

——堀田の遺臣を煽《あお》り立てて、仇討ちを行わせ、寺社奉行の北条出羽守を亡きものにすること。

が本当の目的かもしれないからだ。

一橋家にとって、北条出羽守はややこしい存在だった。徳川一門の御三家や御三卿は、幕政には直接、手を出せない。

しかし、出羽守は評定所の一員でもある。老中水野忠邦を中心とした改革派は、田安家出身の松平定信の〝寛政の改革〟を手本にしていた。しかも、一橋家出身の先の将軍家斉の周辺を一掃した水野忠邦である。一橋家としては面白くない。もちろん、出羽守は水野の腰巾着である。

堀田監物が片落ちの裁きを受けたのも、水野の影響であることは疑いない。今や飛ぶ鳥を落とす勢いの水野忠邦に弓引く真似をする者たちは、悉く処罰されるに違いあるまい。

一橋家は、逆にそこを利用して、事を大きくし、一挙に水野の失脚も狙っているのかもしれない。かつて、十一代将軍家斉公の治世に、その実父として権勢を誇った一橋治済《はるさだ》のような野望があるのやもしれぬ。

そんな野望のために、無垢な堀田の遺臣を利用してよいのかという思いが、加治の中にはあった。

たかが与力にできることなど知れている。それでも、真相を暴かないことには寝覚めが悪い。いや、暴かずともよい。なんとか、仇討ちを諦めさせる方法はないものか。そう加治が思いはじめたのは、

「(堀田の元家臣たちに)生きる道を、考えさせてあげることは、できないのですか」

という薙左の一言のせいだった。

五

長い一日が過ぎた。

日没が近くなって、鮫島が船番所まで戻って来た頃は、慌てて出入りする船の数が増えている。薙左も小頭らに混じって、細かな送り状や通行手形などを検査していた。

「ばかやろう。そんなことはしなくていいんだよ。こっちへ来い」

と鮫島は薙左の後ろ襟を引くように、休息所の奥に連れ込んだ。薙左はみんなが忙しそうにしているのを黙って見ているのが忍びなかったと言うが、

「だから余計なことなんだよ。分かってねえな。おまえは、素性の怪しげな奴を見つけ出して、埃を叩き出しゃいいんだよ」

「でも」

「でももヘッタクレもねえ。さ、座れ」

鮫島は戸を閉めて、外に洩《も》れないように小声になった。

「あの婆アはな、とんでもねえ婆アだったよ」

「どういうことです。番頭の松井様の話では、ほとんど毎日、門前まで来ているけれど、何処の誰かは知らぬと」

「松井様、なんぞと言わなくていい。奴は旗本の家来だが、こっちはちゃんと幕府から禄を貰ってる同心だ」

「そんなこと、気にしてるのですか」

「いいから聞け。あの婆アはな……」

鮫島が半ば怒りを込めて、「堀田監物の元家臣・浜村権三郎の母親だったんだ」

薙左は、それが何を意味しているのかピンと来なかったが、鮫島のどこかわくわくしたような目つきを見て、重大な裏があると察した。

「元家臣と言っても、浜村権三郎はただの家来じゃねえ。元々は一橋家の剣術指南役を務めたほどの、柳生新陰流の手練れだったんだ。しかも、堀田監物の懐刀《ふところがたな》と言われた男だ。浜村の名は俺も聞いたことがある。投げ上げた竹が落ちてくる間に、五つにも六つにも斬り分けるという」

「…………」

「ま、それは大袈裟にしてもだな、堀田監物は寺社方の吟味物調役だ。タチの悪い連中を相手にしなきゃならねえ。そりゃ浜村を頼りにしただろうよ」

「で、その母親が、あの婆さんだとして」

「だとしてじゃねえ。俺はちゃんと調べて来たんだッ。もっとも、浜村はどこかへ姿を眩《くら》ましたままだがな。その婆アは、仇討ち仲間との連絡役だったんだよ」

なぜか興奮してる鮫島を、薙左は宥めるような声で、

「まさか……本当なのですか？」

「なんで、おまえが庇うような言い草をするんだ。いいか。松井も言ったンだろうが、あの婆アは毎日、来てると」

「はい」

「それが何よりの証だ。つまり、婆アはここで、誰かと言葉なり合図なりを交わし、虎視眈々と仇討ちの機会を狙っていたのだ」

さすがはサメと呼ばれる男だ。どうせ、食らいついたら、相手が千切れるまで放さないのであろう。確信に満ちた言い方に、薙左はつい引き込まれそうになったが、

——待てよ。

と思った。一体、誰と何を交わしていたのか。川船番所のような、人や荷物の出入りを厳しく見られている所を、わざわざ何故に選んだのか、だ。

「簡単なこった。この船番所に仲間がいるってことじゃねえか」

「!……そんな、まさか」

「まさかもトサカもあるもんか。大体な、役人てなあ、金に目がくらんで悪さをする奴は多いンだ」

「自分たちの仲間を悪く言わないで下さい」

薙左は少し腹立たしくなったが、鮫島は悪びれる様子もなく、

「つくづく世間知らずだな、おまえは。大方の下級役人は、禄が少ねえから毎日、汲々としてやがる。俺たちだって、命を賭けて仕事をしながら、『あほうどり』で晩酌代わりに一杯

やるのが関の山だ」

「………」

「だが、偉いお役人は、てめえじゃ大したこともしてねえくせに手柄話をしながら、俺たちが一生かけても入れねえような料亭で、三日にあげずドンチャン騒ぎだ。よほど会合が好きなんだろうよ。しかしな……いいか、よく聞けよ」

「はい」

「金のためなら、いい。一番始末が悪いのが、情けというやつだ。てめえが情けをかけて、味方をするのが、一番厄介なんだ」

薙左は驚いた顔になったが、思わず吹き出すように笑ってしまった。

「何がおかしいんだ、ゴマメ！」

「同じことを言ってたからです、加治様も」

「カジスケが？」

「はい。でも、私には分かりません。人に情けをかけて何が悪いのです」

「誰も悪いだなんて言ってねえ。〝始末〟に悪いってンだ。事の善悪の区別がつかなくなるからな」

「それも同じだ、加治様と。どうやら鮫島さんは、与力の受け売りが多いようですね」

「冗談じゃねえ。カジスケが真似してんだよ。あいつは情けに動かないようなタマじゃねえよ。いつも迷ってばっかりの弱虫だ」

「弱虫、ですか」

「ああ。弱虫のムシムシコロリだ。いいか、ゴマメ」

と鮫島は何処で飲んで来たのか、耳元に酒臭い息を近づけて、「もし、婆アが来たら、おまえのその優しい仕草で、いつ、どこで事を成す気か、さりげなく探れ」

「私が、ですか……」

「そしたら、船番所の裏切り者も分かる。いいな」

「そんなこと、できません。人を騙《だま》すようなやり方は」

「だったら、船手奉行所なんぞやめろ。いや、どこへ行ったって同心なんざ勤まらねえ。言っておくがな、奴らは仇討ちのために人の目を欺き、仲間を裏切ってるンだ。それこそ情け無用だ」

　薙左は釈然としなかった。あの婆さんが、仇討ちの仲間とはどうしても見えなかったのである。仇討ち一党の頭目格である浜村権三郎の母親だとしても、女の身でありながら、本当に仇討ちを願っているとは考えられなかったのである。

「仇討ちに男も女もあるものか。父や夫が亡き主君の仇討ちという本懐を遂げるためならば、女の心なんぞ捨てなきゃならねえ。それが武士の母たるもの、武士の妻たるもの」

と鮫島が得々と述べるのへ、薙左は非難めいた目を向けて、

「そんなお考えとは……案外、古くさいのですね」

「ふん。おまえと下らぬ論議をするつもりはねえよ。とっとと仕事をするんだな。ほら、噂をすれば影だ」

と一方を指さすと、門の外にぶらぶらと歩いて来る老婆の姿が見えた。確かに、一日に、二度も来るのはおかしいと薙左も感じた。

「そう思うなら、さ、世間話でも装いながら、息子の居場所を聞き出すんだ」

鮫島は、浜村権三郎さえ押さえれば、仇討ちは阻止できると考えている。後手に回ってしまえば、それこそ船手奉行所の落ち度と言われかねない。町奉行所の連中にだけは負けたくないという思いもあった。

薙左はそんな役所同士の争いなど、どうでもよかったが、老婆と一緒に橋番所の表門に来た女の姿を見て目を凝らした。それは鮫島も同じだった。

昨日、高瀬舟に乗っていたところを咎められ、その上、騒ぎの間に、船番所から姿を消したお咲だったからである。

すぐさま門の所に駆け寄った薙左は、門番に命じて扉を開けさせ、外へ出た。

「心配してたのですよ」

薙左はまるで、長年の知己にでも語りかけるように、お咲の手を取った。

「申し訳ありませんでした」

素直に頭を下げたお咲だが、その表情は暗いままだ。やはり内縁の夫と縒りを戻すことはできなかったのかと思ったが、薙左は気遣って、そのことには触れなかった。

「おかあさんとは知り合いなので？」

「え、ええ……」

曖昧に返答するお咲に、老婆は隠すことはないのだよとでも言いたげに頷いて、

「この若い同心の旦那は、傘を貸して下さった。私も長い間、ここへ足を運んで来たけれども、他の人からは一度も……」

なかったと首を振った。たかが傘を貸しただけだ。霧雨だったから濡れるのは可哀想だと思っただけのことだ。それを、まるで命の恩人のように語る老婆の心境を、むしろ薙左は不思議に感じていた。

「若い旦那……」

「早乙女薙左と申します」

「では、早乙女の旦那。たかが傘とおっしゃるかもしれませんが、ほんの小さな親切で、人

の心というものは変わることがあるのですよ」

「え？」

「気分が変わる、とでも言いましょうか。大袈裟ではなくて、さりげない一言やちょっとした行いが、人を死に追いやることもあるし、逆に心の支えになることもある。殊《こと》に迷っている人には、人様のちょっとしたことが、身に染みることも……」

終《しま》いの方には声が小さくなってきた。老婆も、お咲も、なぜかは分からぬが、薙左を信頼しているように見える。その様子を敏感に感じた鮫島は、

——その相手の弱味にグイッと踏み込んで、肝心なことを探れ。

とでも言いたげに、薙左に目配せをした。もとより、薙左にはそのつもりはない。しかし、何かある、と察したのは事実だ。同じ数珠をしていた老婆とお咲だが、二人とも手首から、それがなくなっていたからである。

六

船番所の裏手は何もない所だが、丁度、番小屋を取り囲むように海鼠塀が続き、わざと幾重にか路地を作っている。船積問屋《ふなづみどんや》や茶店もあるが、迷路のような小径《こみち》の奥には行き止まり

の所もある。捕らえた咎人などが、脱出した時に、逃げにくくしているためである。

にも拘《かか》わらず、お咲は、昨日、すんなりと姿を消すことができた。そのことを、薙左は問い質《ただ》そうとしたが、その前に自ら、話しはじめた。

「昨日は失礼いたしました。あなたを困らせるつもりはなかったのですが……つい甘えてしまったのです。申し訳ありません」

「済んだことは仕方がないです」

と薙左はサバサバした顔で、「でも、そこまで謝ってくれるのなら、色々と教えてくれませんか？」

「は？」

「心配していたのですよ、足も良くなさそうですからね……で、啓助という八百屋とは、何か話せましたか？」

「いいえ。それが……」

「訪ねたけれど、いなかったようですね」

「どうして、それを？」

「顔色を見てると、なんとなく分かりますよ。それに……」

と薙左は老婆を見やって、「二人の腕にあった同じ数珠。ひょっとして、それも関わりがあるんじゃないですか？」

「まあ……」

老婆は困惑したものの、感心した目で薙左を見つめながら、「あなたは、お若いのに随分と細かい所にも気がついていたのですね」

「私は、おばあちゃん子でしてね、何か願掛けをする時には、同じようにしてました。例えば、父が勤めで旅に出る時とか、大切な儀式がある日などに」

「そうですか……」

「で、外したときは願いが……叶わなかった時でした。叶えば、確か反対側の手に七日の間していたと思います」

お咲はなぜか、半ば泣いたように崩れた顔になって俯《うつむ》いてしまった。薙左はすぐ近くにある船積問屋『三登屋《みとや》』の店先にある人足溜まりを借りて、お咲と老婆を休ませた。

船積問屋とは川船が運んで来た荷物の揚げ下ろしを担う問屋で、独占的に営業をしていた。小網町や箱崎町などに三十数軒あったが、『三登屋』は大名や旗本、札差など特定の荷を扱う商人で、緊急の時にも対応できるように、唯一、中川船番所の近くで営業を許されていた店である。

船手奉行所同心は、御用のためにその船積問屋には頻繁に出入りしており、巾着切りや賽銭泥棒の類など軽い罪の者は、店の一角にある小部屋を借りて調べたりしていた。

「恐《こわ》がることはありませんよ。この問屋の人足たちは、お上の御用を扱ってるからか、みんなゴツいけれど優しい人たちです」

薙左は鉄瓶に沸いている湯を急須に注ぎ、煎茶を老婆とお咲に出した。湯気が揺れて、夜の気配に振り返ると、外はすっかり日が落ちて、船番所の篝火《かがりび》だけが煌々と明るかった。

「どうです。少しは落ち着きましたか」

と薙左は二人に声をかけた。

「お二方とも、門の所に来た時には悲痛な顔をしてましたからね。まるで魂を抜かれたように。一体、何があったのです」

二人とも何も答えないが、なぜか、格子窓から見える小名木川の丁度、番小屋の対岸あたりをしきりに見ている。

「…………」

ゆっくりと茶をすする音が、やけに大きく聞こえる。薙左は老婆の顔を覗き込むように身を乗り出して、

「浜村権三郎様の母上なんですってね」

と素直に尋ねた。

老婆は茶を吹き出しそうになったが、あまりにも唐突に急所を突いて来る言い草に、戸惑いの色を隠せなかった。皺《しわ》の寄った眉間が憂いを帯びていた。

「困らせるつもりはないのです。私はどうも、あれこれ駆け引きするのが苦手でして、おかあさんの人柄を信じて、正直に訊いてみたかっただけです」

「……………」

「それが、浜村様をお救いすることにもなるかと思います」

「私の子を、救う？」

それは、老婆が浜村権三郎を息子だと認めたも同じ言い草だった。

「はい。私も正直に言います。船手奉行所では、町方の要請もあって、さる幕閣重職に仇討ちをする旗本堀田監物様の御家来衆を探すために、そこの船番所を張り込んでいました。もっとも家臣の中の誰が、どこに潜んで何をしようとしているのか、私みたいな下っ端には知らされていません。でも、上役の方々はおそらく大方のことを摑んでいると思います。ですから……おかあさん、あなたのことも調べたのだと思います」

同心が探索の手の内を話すことなど懲罰ものであった。薙左は頑《かたく》なに御定法を守るのが信念である。しかし、何よりも人が死ぬようなことは避けたい。その思いの方が強いゆえに、正直にならざるを得なかったのだ。

「おかあさん、か……」

老婆は茶碗を床に置くと小さく背中を丸めて、「早乙女さんは、傘を差し出してくれた時も、そう……」

「………」

「もう何年も、私は自分の息子にはおかあさんと呼ばれたことがありません……いえ、決して不仲というわけではありませんよ。仮にも武門の出ですからね、元服して堀田監物様にお世話になってからは、権三郎と顔を合わせることも少なく、呼んだとしても、母上と……」

切なげに遠い思い出でも手繰《たぐ》り寄せるように話した老婆に、お咲はどう言ってよいのか困っていたが、

「お母様。何をおっしゃっているのですか」

と丁寧な口調でたしなめた。

「もう、よいではないですか、お咲さん。あのバカ息子は、もはや何を言っても無駄です。私たち女の気持ちなど、露も分からぬ惚《ほう》け者です……何もかも遅いけれど……お咲さん、本当にあなたには悪いことをしてしまった……ううッ」

老婆は辛さを嚙みしめて、お咲に深々と頭を下げるや、縋《すが》るように嗚咽した。二人の間には、人には分からぬ感情があるのであろう。お咲も老婆をそれ以上、責めたり、なじったり

しないで、

「お母様の言うとおりです……もう私たちにはどうしようもないのですから」

「あなたも、息子に会ってさえいなければ、違った空を見てられたのにね、本当にごめんなさい……」

腰を折って謝る老婆の手に、お咲はそっと触れて、じっと見つめて言った。

「私は何も後悔などしていません。権三郎さんと一緒に暮らせたことを……」

そのお咲の言葉に、薙左はピクンと耳が動いた。

「どういうことですか？」

と薙左は訝しげな目になって二人に問いかけた。お咲が、老婆のことをお母様と呼んでいるので、嫁と姑《しゅうとめ》の仲かとは思っていたが、

「まさか、お咲さん……あなたの言ってた大根河岸の啓助というのは、浜村権三郎様のことなのですか⁉」

お咲は黙って俯いていたが、老婆が背中を押してやるように、

「そうなのです。本当にバカ息子です」

と毅然とした声で言った。お咲は、権三郎のことを、馬鹿な人ではない、立派な人だと心の底から湧き出すように話してから、

「権三郎様と出逢ったのは、もう十月《とつき》も前のことでしょうか……」

訥々《とつとつ》と話し始めた。

七

寺社奉行北条出羽守が江戸城中で、刃傷《にんじょう》によって倒れたと、お咲が聞いたのは、事件のあった夜のことだった。

しかも、直属の部下である堀田監物様が摑みかかった上に、脇差に手をかけたということで、丁度、夕餉《ゆうげ》の支度をしていた江戸下屋敷は、騒然となった。

その頃、お咲は、北条出羽守の屋敷に御殿女中として務めていたのである。

土浦の庄屋であるお咲の父親は、郡奉行とは顔見知りで、江戸詰めの藩士を紹介してもらった。そこからさらに、土浦藩江戸家老と縁戚にあたる、下房小見川藩家老に頼んで、お咲を奉公させたのであった。花嫁修業とはいえ、有力な庄屋の娘だから叶ったことだった。

出羽守と直《じか》に顔を合わせることは、ほとんどなかったが、いつも物腰が柔らかで、家来や小姓を叱りつけたりするのすら、見たことがなかった。だから、お咲にとっても、その事件は寝耳に水で、

——殿に摑みかかった上に、脇差まで抜くとは、堀田監物様とは恐ろしいお方だ。と思っていたほどだった。

殿中での刃傷沙汰は御法度である。大方の予想どおり、堀田の処分は切腹の上、御家断絶となった。

しかし、巷《ちまた》では、面白可笑《おか》しく話を作って、真相も分からないのに、北条出羽守の悪い風評だけが流れた。それもそのはず、堀田監物という旗本は、江戸の人々なら誰でも知っている名前だった。庶民のために様々な福祉や教育に関わる事業を、私費を投じて施していたため、〝町人旗本〟と呼ばれているほどだったからである。

そんなある日——

下屋敷の裏手に出たお咲は、大根や蕪《かぶ》、人参、牛蒡《ごぼう》、茗荷《みょうが》、独活《うど》、長芋、空豆、水菜《きょうな》などを、荷担ぎで毎日のように売りに来ている啓助と出逢った。

一本の大根が転がったのを拾ったのが縁だった。

もちろん、その時は、まさか啓助が、堀田監物の一番の家来・浜村権三郎とは夢にも思っていなかった。啓助はいつも無精髭を生やしていて、町人髷も綺麗に結っているとは言えないが、いつも爽やかな笑顔だった。

大根河岸には江戸近在の農家からの野菜が集められる。ほとんどが、舟で運ばれて来たものだ。高瀬舟なら、米にして千俵を超えて運べるから、牛車や大八車、あるいは馬に比べて格安であった。よって安く野菜を仕入れては、啓助は町中を売り歩いていたのだが、お咲と知り合ったのがキッカケで、北条出羽守の勝手口の中まで、出入りできるようになった。

それでも、お咲はまだ、啓助が出羽守の下屋敷を探るために、自分に近づいて来たなどとは思ってもみなかった。まったく疑ってもみなかった。お咲にとっては、八百屋の啓助なのである。

二人はいつしかお互いに惹かれあった。そして、しぜんに一緒になろうと誓いあったのである。

お咲は仮にも大名の下屋敷に奉公する女である。担ぎ売りの八百屋と一緒になることは、親の庄屋も許さなかった。手塩にかけた一人娘である。いわば、よい所に嫁がせるために箔をつけようと寺社奉行の屋敷に奉公させたのに、親としては、苦労すると分かっている男にやりたくはなかった。

しかし、お咲の決意は固く、自分で勝手に出羽守の屋敷に暇を貰い、出入りの八百屋のもとに駆けて行ったのである。

もちろん、啓助の方も、お咲が何もかもを捨てて、自分の懐に飛び込んでくれたことを嬉しく感じていた。だから、夫婦になる誓いを立てて、一緒に住んだのである。狭い裏店《うらだな》だったが、楽しく幸せな毎日だった。

だが、時折、啓助はふっと姿を消した。

どこへ行くともなく、ふらりと一日か二日だが、家に帰って来ないのだ。

「ねえ、おまえさん。どうして黙っていなくなるのですか」

お咲が尋ねると、啓助は淀みなく嘘をついた。

「なに。野菜を売ってるうちに、ちょいと遠くまで足を運んだまでだ。すっかり暗くなっちまってな。疲れを吹っ飛ばそうと、ぶらり立ち寄った店で酒を飲んでたら、昔馴染《なじ》みに会ってよ。はは、すっかり酔っちまって、気がつきゃ朝だ」

初めは他に女でもいるのかと思った。啓助は、なかなかの男前だし、話していても飽きないくらい面白い。どこかに馴染みの女郎くらいいても不思議ではないが、お咲は追及するのをためらった。きちんと祝言を挙げた夫婦ではないから、しつこく尋ねて、嫌われるのが恐かったのである。

お咲はしばらくは啓助の嘘を我慢していたが……

ある日、町中で、数人の浪人風に啓助が囲まれていたのを見た時のことである。浪人たちは、啓助に対して、まるで家来のように頭を下げていた。お咲がそれを見て、

——何かおかしい。

と感じたのは当然だった。女房になるお咲にも見せたことのないような、まったく別人の顔だった。

お咲はその時、初めて不安に駆られた。

それでも、素知らぬ顔をしていたが、ある日、啓助を尾けた。すると、谷中の小さな破れ寺に、小汚い格好の浪人や行商人や職人らが十数人集まって、薄暗い蠟燭灯りの中で、何やら密談をしている。

その様子を遠目に見て、お咲は近づきがたいものを感じ、どうしても踏み込めないでいた。帰りが遅くなったり、泊まり込みになったのは、怪しげな会合があったからだと分かったが、お咲は後で追及することもできなかった。

「今日はどこまで行ってたの？」

と問いかけると、またぞろ大嘘を並べる啓助だった。

また別の日は、芝神明にある小汚い長屋を訪れた。そこにいたのが、一人暮らしをしている啓助、いや、浜村権三郎の母親の幸江《さちえ》だった。

「すみませんね、母上。かような暮らしをさせて、まことに申し訳ありません。しかし、私には、どうしてもやらなければならぬ事がある。承知してくれておりますね」

「私のことはよいのです。でも権三郎、正直に申せば、仇討ちなどやめて、母子水入らずで平穏に暮らせませぬか？」

「何度も話したことではないですか。今が大切な時です。心を揺るがすようなことは言わないで下さい」

権三郎と母親がそう話しているのを立ち聞きしたお咲は、思わず長屋に飛び込んだのだった。驚いたのは、権三郎よりも、母親、すなわち老婆の方だった。

「この人は？　権三郎……」

お咲はそこで初めて、啓助というのが世を忍ぶ仮の姿で、本当は浜村権三郎という武士だということが分かった。しかも、主君の仇討ちをしようとしていることも。

騙されていたというよりも、

――どうして私には話して下さらなかったの？

という思いの方が強かった。啓助が何者であれ、この人はこの人だ。お咲はわずか数ヶ月といえども、一緒に過ごした男の本当の心根を肌で感じていたからである。

だが、それからというもの、啓助こと権三郎との暮らしはギクシャクし始めた。

「すまぬな、お咲。俺はおまえを騙すつもりではなかったのだ。だが、どうしても……出羽守の下屋敷の様子を知りたかった。隠居同然でほとんど、下屋敷におるゆえな」

確かに権三郎は話をするとき、必ずと言っていいほど出羽守の噂をさりげなくして、屋敷の間取りだの庭の形だのを繰り返し聞いていた。お咲は庶民とは縁のない大名屋敷の中の有り様を知りたかっただけだろうと思って、知っていることは話していた。奥女中とはいえ、自分の働く範囲や暮らしぶりしか言えない。それでも権三郎には、仇討ちの準備に役立っていたようだ。

お咲にしてみれば、自分が仕えていた殿様の命を狙っている男だ。しかも、出羽守がどんな酷《ひど》い仕打ちをしたのか知らないが、屋敷では本当に好々爺《こうこうや》なのだ。

「権三郎様……私のために、仇討ちを諦めて下さいませんか」

思い切って、お咲はそう言ったことがある。

母親の幸江も同じ気持ちで、幾度も幾度も説得した。所詮は御定法によらない復讐である。殺せば必ずお咎めが来るし、これからの長い人生を捨てるに値することなのかどうか。

だが、そんな二人に権三郎は激昂《げっこう》した。

「黙れ黙れッ。主を無下に殺されて、黙っている家来がどこにいる！　しかも私が元服をした時から可愛がってくれた。それだけではない。堀田監物様は身を捨ててまで、貧しい人や病の人を救っていたお方だ。徳の高い侍が死んで、なぜ出羽守のような権威だけに縋っている輩が生き延びているのだ」

それが許せないと権三郎は実に悔しそうに泣くのだった。それでも、お咲は自分の愛した人に死なれたくない一心で、どんな手を使ってでも引き止めようとした。しかし、無駄だった。

「お咲……おまえと暮らした日々は本当に楽しかった。それに偽りはない。俺も何度も考えた。おまえのために仇討ちはよそう……そう考えたこともある。だがな、一橋様も後押ししてくれている。今更、引けぬのだ」

最後の言葉が、お咲の心に引っかかった。

一橋家が関わっている様子だったが、それ以上のことは何も言わなかった。権三郎が心揺れたのは確かだ。だが、武士として死ぬべき道と、人として生きる道を比べて、〝三行半《みくだりはん》〟を渡すしかなかったのだ。正式な妻ではないから、お咲に類は及ばぬと優しく諭してくれた。

母親の幸江も、お咲に同情して、

「女を不幸せな目にあわせて、何が仇討ちですか」

と息子をたしなめようとしたが、頑として聞かなかった。

そして、いよいよ決行が近づいたのであろう。お咲は本当に別れを言われてしまった。女が身近にいれば士気が鈍る。

「とっとと出て行け！」

終いには愛想尽かしをしてまで、権三郎はお咲を追い出したのである。それが権三郎に出来る最も優しい方法だったのだと、お咲は今でも信じている。

八

「で……今、浜村様は何処にいるのです」

　薙左が訊くと、お咲と老婆——権三郎の母親幸江は、知らないと首を振った。

「本当に？」

「ええ。分かりません」

「では、どうして、手首の数珠を外したのです。ひょっとして、本日何処かで、仇討ちが行われるのではないですか？」

　と薙左は自分でも興奮したように、「だからこそ、二人の馴《な》れ初《そ》めや仇討ちの話なども私に話したのではないですか」

　じっとお咲を睨むように見つめる薙左に、

「それは違いますよ、早乙女様」

　と幸江の方が手を差し伸べるように言った。

「なぜならばね、お咲さんが昨日、訪ねて来てくれた時、船番所に新しく来た若い船手同心がいて、その方は心根がまっすぐで優しそうだった……そう言うたのです。私にもそうだった。とっさに傘をね……傘ぐらいと言いますが、私たち女には分かるのです。いえ、女だから分かるのです。どういう殿方か。きっと、あなたに昔の権三郎の姿を見たのでしょう」

薙左は照れ臭くなったが、それどころではない。母と妻のような女をして諦めさせられなかった仇討ち、どうやって阻止できるのか。

「でも、お咲さん……あなたはどうして、その弱い足で無理をしてまで、江戸に舞い戻って来たのです？」

お咲は一瞬、困ったふうに目を伏せた。

「縒りを戻すと言っていたけれど、ただ諦めきれなかっただけではないのでしょう。でないと、そこまで決意の堅い浜村様を引き止めることなどできますまい」

「はい、実は、土浦に帰ってから、お腹《なか》に、やや子がいるのが分かったのです。赤ん坊が私のお腹に……」

薙左は目を丸くして聞き返した。

「赤ちゃんが……本当に？」

「はい。もし、そのことを知れば、あるいは踏みとどまってくれるかと思うてましたが、昨日、お話ししたとおり、出した文には梨の礫《つぶて》。権三郎様は、この期に及んで、私が引き止める方便でも使っているのかと勘繰ったのかもしれません」

「浜村様とは会えなかったのですか」

「はい……」

「では、何処にいるのかも」

「知りません」

「だったら、どうして今日、仇討ちがあると分かるのです。教えて下さい。どうして、分かるのですかッ」

薙左は必死に食い下がるように、「私は何としても止めたい。訳はともかく、人と人が斬り合うのは御免だ。武門の意地もありましょう。忠孝の考えも大切です。しかし、仇討ちをすることが何故、人の道なのですか。私はあなたや、その子のために、浜村様に生きて貰いたい」

「ありがとうございます」

と幸江はほつれた白髪を整えて、ゆっくりと薙左に頭を下げて、「やはり思ったとおりのお人です。私たちの心の裡を話すことができて、幾ばくかモヤモヤが晴れました」

その時、板戸が軋み音を立てて、加治と鮫島が入って来た。鮫島は二人を睨《ね》め回すような厳つい顔で見たが、加治はいつもの冷静沈着な面立ちだった。

お咲は思わず、幸江を庇うように腰を浮かせたが、薙左は二人に安心するように言ってから、加治に向き直った。

「加治様。私の調べでは、この者たちは今般の探索とは何ひとつ関わりなく……」

言いかけるのへ、加治は冷静に、

「そこをどけ、早乙女」

「は？」

不思議そうに見上げる薙左の襟首を、鮫島は摑んで土間に引きずり下ろした。お咲と幸江が心配そうな顔になるのへ、加治はピシリと言った。

「女。只今、ここで浜村権三郎の居所を話せば、謀反人を匿《かくま》った罪には問わぬ」

「な、何を言い出すのです、加治様」

這い上がる薙左は、「この人たちは、確かに浜村様の母親と……」

言いかける薙左の頰を、加治はバシッと叩いて、足払いを掛けるようにして外へ押し出した。溝の踏み板に足が引っかかって、腰から落ちた薙左は唖然として加治と鮫島を見上げた。

二人はずっとお咲の話を控えの間からでも聞いていたのであろう。

加治は構わず、女たちに詰め寄った。

「さあ。正直に話せば、すぐに解き放つ。このまま庇い立てすると、町奉行に引き渡さなければならぬ。船手の俺たちなら、何事もなく済ませることができる」

「………」

お咲と幸江はお互いに抱き合うようにして、加治と鮫島を見上げていた。

「おまえたちは、なんだかんだと言いながら、結局は権三郎に仇討ちをさせているのだ。謀反人と同じなのだぞ」

「………」

「さようか。やむを得ぬ。正式に船番所の詮議所にて調べた上で、町奉行に引き渡すゆえ、そう心得よ。引っ立てろ！」

と加治が声を上げると、捕方が来て、お咲と幸江を手早く捕縛し、そのまますぐ近くの船番所内に引きずるように連れ去った。

「乱暴はやめて下さい。お咲さんは身籠《みご》もっているのです」

構わず連行された二人は門内に消えた。

「加治様、鮫島様ッ。一体、どうなってるのです。こんなことが罷り通ってよいのですか。あの二人は何もしてません。どんな罪があると言うのですかッ」

懸命に取りすがる薙左の胸ぐらを、鮫島はもう一度グイと摑んで、

「四の五の言わず、おまえは加治様の言うとおりにしておればよいのだ」

「加治様って、陰ではいつもカジスケって呼んでるくせに」

「うるさいッ」

鮫島に頭をポカリとやられて弾《はじ》き飛ばされたが、薙左には体の痛みよりも、二人の心の傷が気になった。

「後は親方にお任せしろ。おまえは昨日も、おとといも一睡もしてないじゃねえか。〝脇本陣〟にでも行って横になってろ。少し頭が冴えようってもんだ」

イザとなったら強権を振りかざす。こういうやり口が嫌いなのだ。薙左は改めて、怒りを覚えたが、ここで喚き立てても仕方があるまい。そう判断して、鮫島を睨みつけると、

「私は私のやり方で、やらせていただきます。考えがありますればッ」

とだけ言い捨てて、一方へ駆けだした。

「おい！　ゴマメ！　余計なことをするなッ。またぞろお奉行に迷惑が……チッ。人の気も知らないで、バカタレが」

鮫島は苛立ち混じりの溜息を吐いた。

九

船番所に設けられた詮議所には、既に船手奉行の戸田泰全が上座に座っていた。ふだんのようなダレていない険しい顔で、苦虫を噛んでいるようだった。

傍らには、番頭の松井主水が神妙な面持ちで座している。松井は幕臣ではなく、中川番所細川武蔵守の家臣である。さすがに、与力や同心を相手にするように威厳を振りかざすことはせず、船手奉行の戸田を立てていた。

加治に連れられて、恐る恐る詮議所に入って来たお咲と幸江は、いかにも生気の抜けたような表情で、すべてを諦めきった様子だった。戸田は敏感にそれを感じたのか、土間の筵に座った二人に穏やかに声をかけた。

「そう緊張せずともよい。正直に申せば、すべては丸く治まるのじゃ」

精一杯、優しく言ったつもりだが、やはり酒焼けしたような嗄れ声には独特な響きがあって、女子供を近づかせない威圧があった。眉間に寄った皺も見る者に、ある種の不快を与える。

「さて……おまえたちに尋ねたき儀がある」

と戸田はかしこまった言い草で、「与力の加治からも問われたと思うが、私はおまえたちの身の上をすべて承知しておる。浜村権三郎は何処で何をしておる。今日、この江戸のどこぞで寄合を開いておるのは分かっておる。正直に申せば罪には問わぬ」

「…………」

「二人とも浜村を庇っているつもりかもしれぬが、情けが仇になってしまうぞ」

戸田はチラリと陪席の松井主水を見て、「番頭の松井殿に睨まれてしまっては、命が幾つあっても足りぬぞ」

唐突な言い草に、松井は怪訝に戸田を見やったが、あえて何も言い返さなかった。

「のう、お咲とやら。腹にやや子がいるのなら、尚更、素直にならぬと、その子の父親《てておや》を助けられぬと思うがな」

「た、助ける？」

お咲は不思議そうに戸田を見上げた。

「ああ。助ける、のだ。薙左……いや早乙女もそう申しておったであろう。俺たちはな、おまえたちを何とか救いたいのだ」

と俄に伝法な雰囲気になって足を崩したので、お咲も幸江も不思議そうな目で、戸田を見上げていた。

「なあ、お咲。おまえが高瀬舟に乗っていたのは、たまさかのことではない。わざとであろう？」

「！………」

「いやいや。責めてるのではない。おまえが権三郎に会いに来たのは事実であろう。しかし、その船に規定の他の武器弾薬が乗せられていたとなると、話は厄介だ」

お咲はどういうことですかと、不審げな顔を向けた。透かさず戸田は、

「船頭を呼べ」

加治が控えの間に立つとすぐ、伝八を連れて来た。高瀬舟の船頭である。

驚いたのは、お咲たちではなく、陪席の松井の方だった。

「どういうことでございますか、戸田様」

と松井は膝を向けた。戸田は軽く頷いて、

「船頭伝八。ゆうべ、俺に話したことを、もう一度、この松井に話してやってくれ」

呼び捨てにされたことに違和感を覚えた松井は、少し感情を露わにして、

「戸田様。奥歯にモノが挟まったような言い方はやめていただきたい。一体、この船頭が何だと言うのです。謀反人浜村権三郎の母親や内縁の妻と何の関わりが」

「じゃ、すっきり話してやるよ」

ますます伝法な言い草になった戸田奉行は、

「耳をかっぽじいて聞けよ、松井。てめえ、一橋家の家老と一芝居打ったようだが、あれも武器を江戸へ入れるための策略だった。その証に、おまえが取り上げた鉄砲、解体したのを後で一橋家に届けてるじゃねえか。ああ、言い訳は聞かねえよ。運んだ人足を捕まえて問い詰めたンだ。そこのカジスケがな」

松井は何か言い返そうと腰をわずかに浮かせたが、ストンと落とした。それは端《はた》からは観

念したようにも見えた。

「船頭伝八によるとだな、一橋家の……」

と戸田が言いかけると、松井が自ら声を荒らげるように続けた。

「一橋様から頼まれて通しただけです。そこのお咲に船手奉行所同心の目を奪わせている間に、鉄砲や弓矢を」

「通したのだな。つまりは……おまえも、仇討ちの仲間だった、という訳か」

「それは違いますッ。私はただ、一橋様の御家老の大宮様に頼まれて、通しただけです。添士や小頭が鉄砲に気づいたので、とっさに私が直々に調べたふりをしたまでのこと。確かに、入り鉄砲に荷担したのは確かだが、断じて謀反人ではない」

「断じて、だとオ？」

戸田は崩した片膝を立てて、「おいおい。悪いことをして偉そうに抜かすンじゃねえぞ、こら。訳はどうであれ、おまえは船番所の番頭として、しちゃならねえことをしたんだ。切腹を覚悟しとくンだな」

「そ、そんな……私は中川番所細川武蔵守様の家臣である。あなたにさようなことを言われる筋合いはない」

「それがあるんだよ」

と戸田は一通の封書を差し出した。

「細川武蔵守から預かって来たものだ。おまえを解任の上、細川家からも追放だとよ。沙汰があるまで、とっとと自宅で謹慎しときな」

「なんだと、私は一橋様に頼まれただけで、なんで、こんな……」

「一橋様は何も知らない、とよ」

「そ、そんな……」

「助かりてえか？　だったら、ひとつだけ手がある」

戸田はニンマリと笑い、松井に向かって、「北条出羽守はいつ、ここを通るんだ？」

「！」

「もう惚《とぼ》けっこなしにしようぜ。今宵か？　あの火事で、出羽守はすっかり江戸が嫌になったと、こっそり下総小見川に帰ると耳に挟んだのだ。もちろん、一橋様の御家老からな。そんな不思議そうな顔をするなよ。こう見えて、遠山とはガキの頃からの仲だぜ。奴が鎌掛けて調べ出したンだ」

松井は黙って聞いている。

「でだ。確実に仇討ちをさせて、しかも下手人を捕らえるとしたら、ここしかあるめえ。この中川船番所だよ」

「そこまで分かってるのなら、張り込んでれば、よいではないですか」

「言われなくても張ってるよ。だがな、いつ何処でやるかハッキリさせた方が、確実に阻止できるだろうがよ」

「…………」

「あ、そうかい。あくまでも言わねえのなら切腹を選ぶってこった。ま、それも武士の生き方。立派な御仁《ごじん》だ。もっとも……一橋様とすりゃ、ただ出羽守を亡き者にして、水野の改革の邪魔をしたい。それだけのために、仇討ちを仕組んだンだがなあ……おめえも、金に目が眩んだバカ役人だったか」

戸田が嫌味を言ったその時、ダダダンと表で鉄砲の音が数発、轟《とどろ》いた。

すわッ――出羽守が狙われたか!?

加治が素早く番小屋から飛び出して船着場まで駆けて行くと、鮫島も裾をたくし上げて疾走して来た。

「火薬の臭いだ」

白煙が篝火に浮かんで、しだいに闇夜に吸い込まれた。

番兵たちが激しく大声を上げながら、対岸を指している。そこは簡素な船着場があって、水辺の葦や水草、松の木などに覆われている。

「あそこです！　向こうで火花が散りました！」

と番兵たちは、叫びながら対岸に向かって舟を漕ぎ出した。幸い、まだ出羽守は通りかかっていなかった。

だとしたら、暴発でもしたのか。

すると、対岸の藪《やぶ》の中から、揉み合いながら現れた人影が摑み合ったまま、ドボンと川に落ちた。水の中でも激しく揉み合っている。浮いたり沈んだりして、激しく咳き込みながら、お互いを殴り合っている。

やがて番所の番兵の小舟が近づくと、二人とも船縁に摑まって這い上がった。

「権三郎様!?」

船着場から見ていたお咲が叫んだ。

殴り合っていた相手は、なんと薙左だった。

「また、あいつか……」

加治は舌打ちをして、「早くこっちへ連れて来い。逃がすなよ」

船着場に引きずり上げられた浜村権三郎と薙左は、ずぶ濡れで髷の元結《もとゆい》も切れて、だらりと乱れていた。権三郎は覚悟をしたのか、近くの番兵の刀を奪って抜き払ったが、その瞬間を捕らえて、加治と鮫島が刀を叩き落として、肩を押さえつけた。

「あんたほどの剣術使いが、こんな真似はよくねえよ」

と鮫島が興奮を鎮めるように言った。観念したように権三郎の体から力が抜けると、戸田奉行がしゃがんで、その顔を覗き込んだ。

「もう悩むのはよさないか。他の元家来だって、道連れにするのは可哀想じゃねえか」

「…………」

「俺は、堀田監物とも酒を酌み交わしたことが何度かあるが、本当にいい男だ。奴は私心や恨みで出羽守に手をかけたとは、誰も思っちゃいねえよ」

と戸田は濁声だが優しく続けて、「堀田が糺《ただ》そうとしたことは、出羽守が色々な寺や神社の出開帳の折に、賄賂《わいろ》を受け取っていたことだったらしい。開帳で得た金を貧しい者のために使わず、私腹としたのが許せなかったのだろうよ」

「…………」

「だがな、物事には筋がある。堀田ともあろう男が、カッときたのには余程のことがあったんだろう。しかしな、奴は最後まで、おまえたち家来のことを考えてたんだぞ」

「私たちの……」

「ああ。自分がやらかしたことだ。堀田家が断絶になるのは仕方がない。しかし、家来たちには何の罪もない。仇討ちなどというバカげたことは考えず、新たな主のもとで勤めに励めと言って、家来たちの奉公先の約定を取りつけてから、切腹したのだ」

「！…………」

「だが、それでは出羽守の方も腹の虫が治まらない。堀田の家来たちはもっと苛立ちを覚える。そのお互いの感情を利用して、出羽守潰しをしようとしたのが、一橋様だ」

権三郎は打ち震えながら聞いている。

「雲の上の人を俺たちはどうすることもできまい。だが、出羽守の不正はきっと評定所で裁かれる。おめえたちは、違う主に仕えて、きちっと奉公することが、堀田監物への本当の忠義ではないか？」

びしょ濡れの権三郎は、在りし日の堀田の姿でも思い浮かべたのか、突然、瞼《まぶた》から涙がはらはらと出て来た。

「ゴマメ。おめえ、どうして対岸に、こいつが潜んでたのが分かったンだ」

鮫島が訊くのへ、

「当てずっぽうですよ。当てずっぽう」

と薙左は適当に答えた。が、本当は、お咲と幸江がしきりに小名木川の対岸を気にしていたのを思い出したからだった。

「それより、浜村様」

薙左は自分もずぶ濡れなのに、暖を取れるように松明《たいまつ》から分けた火を近づけて、

「お咲さんのお腹の赤ん坊、大切にしてあげて下さい。本当は、あなたも、お咲さんやおかあさんと一緒に暮らしたいのでしょう？」

権三郎は小さく頷くと、その場で声を押し殺して泣き崩れた。

「これで、お咲さん、今度は堂々と舟に乗ってここを通れますよ」

えっと見る加治と鮫島に向かって、

「そうでしょう？　だって、縁組……花嫁は例外でしたよね」

お咲がそっと権三郎の側に寄って、しっかりと手を握るのを、母親の幸江も心から安堵したような目で眺めていた。そして、戸田奉行に向き直ると、もう一度、深々と礼をした。

「さて、お奉行。どうしますかねえ」

と加治が番小屋を振り返ると、項垂れて背中を丸めている松井がいた。

「奴さん、一人のせいにして、口をぬぐうのも可哀想じゃありませぬか」

「そうだな……中川船番所には、〝何事もなし〟。さざ波日記にはそう書いておけ」

戸田が高らかに笑うのを、不思議そうに見ていた薙左は、

「お奉行、そんなことは……」

と言いかけたが、ハクションとくしゃみをして吹き飛んだ。

第四話　いのちの絆

一

満ち潮になると、隅田川は逆流しはじめ、川上に向かって波立って流れる。下りの川船でも力を込めて漕がなければ、押し戻されるから大変である。

その事件があった夕暮れは、折からの風もあいまって、海のように波が荒れていた日だった。小名木川から隅田川に漕ぎ出した〝湯船〟が逆流に翻弄されて操舵できなくなり、舟止めの杭や漁船などとぶつかった上に転覆したのである。

湯船とは屋根部屋の中に風呂があって、火焚《た》き所で沸かすような仕組みのある船である。長さ二丈十五尺、幅七十尺ほどのしっかりした造りだが横波には弱い。

普段なら、吾妻橋の方まで漕ぎ登り、流れに任せて湯に浸《つ》かり、河岸に浮かびはじめる灯りを見ながら下るのだが、この日はあまりにも潮が激しく、風が強すぎた。船乗りならずとも、

——無茶な船出だ。

と心配したほどである。

湯船は文字どおり、湯を運ぶ船で、湯屋のない川岸に住む人々や商売人のために営業をし

ていた。『富乃屋《とみのや》』という湯屋が特別に仕立てたものだが、今日は貸し切りだった。時折、高級旗本や成金商人が、今でいう家族風呂のような感覚で使っていたのだ。

今度《こたび》の借り主は、日本橋の薬種問屋『越中屋』の主人・数右衛門《かずえもん》だった。店構えは大きいわけではないが、置き薬で成功した後、蜂蜜や熊胆《くまのい》、鮫の肝臓などを使った様々な斬新な滋養を補う薬を作って販売したのが大当たりで、特に富裕町人にはもてはやされていた。

数右衛門が船に連れ込んでいたのは、池之端の水茶屋の娘おくみだった。美人番付にも出た程の器量よしで、一目惚れした数右衛門は何度も通い詰めて、やっとこさ湯船に誘うことが出来たのである。有り余るほどの金があるから、小判にモノを言わせたのが本当のところだが、

「おくみは、俺に心底、惚れている」

と周りの者には常々言っていたらしい。だが、おくみの方は数右衛門の妾になる気などは更々なく、他に好いた男がいた。浅草界隈を根城にした遊び人で、いわゆるヒモである。おくみにとっては、数右衛門はただの金蔓《かねづる》でしかなかったのだ。

それを承知で、数右衛門は言い寄っていた節がある。いずれは金の力でモノにしようと考えていたのであろう。

紅葉が敷物のように浮かぶ川面を薄灯りで照らしながら湯につかり、しっぽりと二人きり

で燗酒でも飲んで、湯船を楽しむつもりだったのだろうが、あまりにも判断が甘すぎた。女を口説こうと焦ったのか、それとも他に狙いがあったのか、いずれにせよ無謀な行いだったことは確かだ。

「てえへんだア！　船がひっくり返った！」

と川番が、船手奉行所に駆け込んで来たのは既に転覆して四半刻が過ぎてからだった。川番とは川船見張り番役のことで、隅田川の両岸に数ヶ所あり、永代橋の所にある公儀御用船の船溜まりの側にあるのが最も番役が多かった。

すぐさま助けるために、川番たちは転覆した湯船に近づこうとしたが、波が意外に大きく、思うように救出できない。難儀な事件であることには違いない。

船手奉行所から、薙左たち船手同心が到着した時には、既に薄暗くなっていたが、船底だけがやけに白く見えていた。

「こりゃ、駄目だな」

と鮫島拓兵衛は、乗りつけた川船の上で、あっさりと言った。

「そんな。容易に諦めないで下さいよ。幸いまだ船は沈んでいない。あの湯船の中に、閉じこめられているかもしれないじゃないですか」

ムキになって薙左は白装束に襷掛けをしながら、今にも川に飛び込まん勢いで、険しい目を鮫島に向けた。

「おいおい。無茶、無理、無謀……忘れるなよ。下手に助けに行って、おまえまで遭難したら、遺体が増えるだけだ」

「もう死んでると決めつけないで下さい。最後の最後まで諦めないで下さい」

命綱を体に結んで、飛び込む機会を窺っている雍左の腕を、鮫島はしっかりと握って座らせた。

「ただでさえ傾いてんだ。ぼうっと立ってんじゃねえ」

「でも、少しでも急がないと」

「闇雲にやってもしょうがねえんだ。まずは流れを見ろ。川下で待つぞ。どうせ、あの辺りまで船は流れる。作業は、あの舟止めに縄を絡めて安定させてからだ」

「そんな悠長な。その間に溺れ死ぬかも」

「バカか、おまえは。溺れるなら、とうに溺れてる。助かってるとしたら……」

「……したら？」

「運よく、船底にいられた時だけだろう」

「船底？」

「まったく、おまえは本当に船手同心として自ら望んで来たのか？」

と鮫島は呆《あき》れた目を向けたが、「……まあいい。そんなことを話してる場合じゃねえからな」

鮫島が合図をすると、船頭の世之助が櫓を漕ぎ始めた。横波を浴びぬよう巧みに操りながら、少し川下で待機し、湯船が近づいて来ると、数本の舟止め杭に網を張り巡らせて、河口から海に流れ出ぬように湯船を絡めて停めた。

「よし、いいだろう」

鮫島は絹の白装束に襷掛けをして、脇差の他に鳶口《とびぐち》などを帯に挟んで、何のためらいもなく川面に飛び込んだ。荒れた波の上をまるで魚のような早さで湯船に近づいたかと思うと、ずっぽりと水中に潜った。

「だ、大丈夫ですか⁉」

薙左は声をかけたが、それが聞こえるわけがない。世之助は船に繋いだ命綱の一端を握り締めており、微妙な手捌《てさば》きで、船の傾き具合や川の流れの変化などを報せているのだ。

当時の隅田川は白魚が獲れるほど澄んだ水である。澄んだ川が隅田川になったともいうくらいだから、水中でどんな作業をしているかも、薙左は凝視することができた。世之助も、水中の白い着物の動きを見ながら、手綱《たづな》のように引いたり放したりしていた。

鮫島の姿がするりと転覆した船の中に消えた途端、

「本当に大丈夫なんですか？」

　と薙左は不安になって世之助を振り返った。

「鮫島の旦那は、おそらく江戸でも一、二の水練達者だろうよ。しかも潜りも得意だ。熟練の海女《あま》よりも長く潜ってることができるんだ。おまえさんが心配することじゃねえよ」

「だったら、よいのですが……」

　水練は、刀術、弓術、槍術、柔術などの武道のようでもあった。水軍は海や川の中で戦うことも余儀なくされる。前に早く進むだけではなく、立ち泳ぎや背泳ぎ、潜って刀や槍を使う術も鍛錬していたのである。

　——それにしても、長すぎる。

　と薙左は感じた。それほど時は経っていない。だが、見守っている薙左の方が息が詰まりそうだった。

「まだですかね……船の中でどこかに引っかかったとか……遅すぎませんか？」

「ぼんぼん。そんなこっちゃ、これから先、船手なんぞ勤められねえぞ」

「でも……」

「何かありゃ、この命綱に伝わって来る。万が一の時は、俺が行く。そん時は、おまえがこの綱を握ってなきゃならねえ」

「あ、はい……」

「なんでえ、心許《こころもと》ねえ返事だな」

世之助の愚痴のような声が強い風音に消えた時、目の前の湯船の屋形の陰から、ゆらりと女の姿が現れた。

「！」

薙左の目が膠着《こうちゃく》したように凝然となった。女の黒髪は乱れ、ほどけかかった帯が染め物を晒すようにゆらゆらと流れていた。

その女の遺体を世之助は鉤棒にひっかけて船に寄せると、

「おい。早く手伝え」

「は、はいッ」

引き上げようとすると船が思い切り傾く。死んで間もない遺体は思ったよりも随分と重く、何度も川面にずり落ちた。やっとこさ引き上げると、目を見開いたままだった。苦しくて藻掻いたのであろう。悲痛に顔が歪んでいて、とても池之端小町で、人気番付に入っていた娘には見えなかった。

薙左は目を閉じてやって合掌をすると、また転覆した湯船を振り返った。

「それにしても遅い……遅すぎる」

「大丈夫だと言ってるだろ」

「海女だって、こんな長くは。しかも、厳しい作業をしてるんでしょ？　この娘だって、鮫島さんが押し出したんじゃ」

「そうだ」

「だったら、もうそろそろ……」

「おそらく、茶碗になってるんだろう」

「茶碗？」

「ああ、茶碗だ」

　薙左の心配をよそに、世之助は櫓を漕いで幅寄せをしながら、命綱をたぐるように引いた。すぐに返事の引きが来た。

「やっぱりそうだ。だとしたら、もう一人は生きてるのかもしれねえな」

「え？　どういうことです」

　世之助はもう一度、返事の綱を引きながら、

「一々、驚くんじゃねえよ。気が散って仕事にならないじゃねえか」

　と舌打ちをして、川船をピッタリと逆さになった湯船の縁に寄せた。

茶碗というのは、船が逆さまになって根棚《かじき》が露わになった時、船底の内側に空気が溜まった状態をいう。丁度、お碗を水に伏せても、水に浮かんでいるのと同じである。その僅《わず》かな隙間にある空気を吸うことで、窒息や溺死を免れるのだ。

ふつうの川船ならば、息を吸ってさらに潜って逃げることができたかもしれないが、湯船は複雑な造りになっているので、逆さになっては逃げ道が分からない。しかも、災難者の帯や着物の裾が船体の梁《はり》に絡まった上に、足もどこかに挟まったままだ。その場で助けを待つしかなかった。

二

「おい。大丈夫か、落ち着けよ」

鮫島も船底の空気を吸いながら、手探りをするように相手の手をしっかりと握って励ました。夕暮れであるし、逆さまの船の中は暗くて視界はないに等しい。

「越中屋の主人だな」

「た、助けて……助けてくれえ……」

越中屋の主人は名乗る余裕などなく、揺れる波の間から、必死に鮫島に縋りつこうとした。

強くしがみつかれると一緒に溺れることになる。非情なようだが、鮫島はサッと手を振り払ってから、

「落ち着け。下手に暴れると船が傾いて、この船底にまで水が入る。そうなれば、おしまいだ。着物の裾が絡まってる。今、帯を解いてやるから、着物を脱げ」

「だ、駄目だ……あ、足が……」

足も挟まっているから、自由に動くことができない。必死に船梁《ふなはり》に捕まって、金魚のようにアップアップしていた。早く救い出さなければ、水も冷たいし、体力も使うから浸水する前に力尽きるかもしれない。

鮫島は何度も息を吸っては潜り、足を挟んでいる板を外そうとするが、水に圧迫されるせいか、思うように外せない。梃子《てこ》のようなものを使ってずらすしかないが、鳶口の入る隙間もない。不自然な姿勢で、しかも激しく揺れる水中では、ほとんど踏ん張ることができないから、細かな作業ができない。

もう一度、船底の溜まりで息を吸い込んだ時、越中屋の主人は力の限り鮫島の着物の袖を摑んだ。

「た、頼む……こんな所で死にたくない……お願いだ。金なら後で幾らでもやる。なんとかしてくれ……お願いだ」

鮫島は袖を振り放そうとしたが、水中ではそれもできない。

「生きて帰りたければ、俺の言うとおりにしろ。まず袖から手を離せ。それと余計な喋《しゃべ》くりや動きはやめろ。船が傾く前に息ができなくなるぞ」

そう言った鮫島の目が、薄暗がりに慣れたのか、越中屋主人の顔をはっきりと確認することができた。町人髷は乱れ、必死の形相で強張《こわば》っているが、

——こいつは……!?

忘れもしない男の顔だった。

「越中屋……おまえは本当に越中屋なのか?」

鮫島は唐突に訊いた。波音は大きいが、風の音は船体に掻き消されている。洞窟の中で響くような声を、越中屋ははっきりと聞いた。

「そうだ。早く助けてくれ、早く……」

悲痛に叫ぶ声も弱々しくなってきた。越中屋が身も心も疲弊しているのは手に取るように分かる。その顔を、しばらく、じっと見つめていた鮫島は、

「俺、一人では無理だ。仲間を連れて戻るから、もうしばらく頑張れ」

「そ、そんな……は、早く……ああ、見捨てないでくれえ……」

顔をくしゃくしゃにして喘《あえ》ぐ越中屋に、思わず鮫島は、冷たく吐き捨てるように、

「よく言うぜ。そう言って命乞いをした者を、見捨ててきたのは何処《どこ》のどいつだい」

と眉間に皺を寄せた。

「えっ……」

と驚愕した目で、一瞬、鮫島を凝視した越中屋は困惑したように、

「い、今……何と言った……」

「おまえのせいで何人の人間が死んだか、分かりゃしねえ……ここいらが潮時って、神仏はそう計らったのかもしれねえな」

「な、何のことだ……」

「まさか、おまえが、あの有名な薬種問屋越中屋の主人に収まってるとは知らなかったよ。一体、どうやって成り上がったンだ」

「！」

「先代は旅の途中で死んだと聞いたことがあるが、まさか、おまえが殺したんじゃねえだろうな」

「冗談はよせ。早く、た、助けてくれ……」

「…………」

鮫島はもう一度、射るように越中屋を見つめると、大きく息を吸って水中に潜り、命綱を

くいっと引いた。

「待て……ああ、待ってくれ……」

情けない声をあげて涙顔になる越中屋の顔を、鮫島は想像しながら、命綱を引かれるままに、水上に顔を出した。

御用船の舳先から、世之助が手を差し伸べる。鮫島がしっかりとそれを摑むと、世之助は引き上げるなり、

「やはり、駄目かい」

と問いかけた。薙左も心配そうに見ている。

「どうなんだい。この娘みてえに、もう……」

「うむ……」

曖昧に返事をした鮫島は、何度も大きく息を吸ったり吐いたりしながら、船上の松明で体を温めた。着物をはだけ腹の晒しを巻き直す鮫島に、

「どうなんで。主人の方は駄目なんですかい？」

と世之助はもう一度聞き直した。

「どうしたものかな……」

「生きてるのですか。死んでるのですか！」

薙左が摑みかからんばかりの勢いで横合いから厳しい声で語りかけた。

「生きてるのなら、一刻の猶予もないじゃないですかッ。もしダメだとしても、早く引き上げてあげなきゃ可哀想だ」

「可哀想？」

「ええ。そうですよ」

「可哀想だなどと……情けをかけてやるような奴じゃねえよ」

吐き捨てるように言った途端、薙左は何かを察したように、もう一本の命綱をじぶんの体にくくりつけると、

「世之助さん、しっかり頼みましたよ」

「待て。おまえには、まだ命綱の鍛錬を充分に施してない」

「そんな事を言ってる場合ですか」

薙左は世之助が止めるのも構わず、飛び込んだ。水飛沫《みずしぶき》が高々と上がったのは、まだまだ不慣れな作業だということを物語っている。このままでは薙左までが水難者になってしまう。

世之助が心配そうな顔で鮫島を振り返るのへ、

「案ずるな。あのバカ、一度くらい死にかかった方が、命の尊さが分かるかもしれぬ」

と微笑で答えると、梃子に利用できる鑿《のみ》や釘抜きを持って再び水に入った。

二人が同時に水中で作業をする時に、世之助が気をつけなければならないのは、縄が絡まないようにすることである。細心の計らいをしながら、まるで鵜匠《うしょう》のように巧みに縄を操っていた。

鮫島が船底に戻った時、薙左はぐったりとなった越中屋を懸命に引きずり出そうとしていた。川水の冷たさの上に疲労が限界に来たのであろう。越中屋の両足はダラリとなっており、梁にしがみついて腕にも力が入っていなかった。

〝茶碗〟の隙間で息を吸い込んだ薙左は、懸命に越中屋を支えている。足が挟まれていることには気づいているようで、何とか外そうと藻掻いていた。

「越中屋の体を支えてろ。足は俺が外す」

と仕草で合図をした鮫島は、水中深く潜って、鑿で隙間を作り、釘抜きで梁を思い切りずらして、越中屋の足首をなんとか放すことができた。踝《くるぶし》のあたりがパックリ裂けており、筋が切れているかもしれない。助かっても、しばらくは足が不自由になるかもしれないと思いながら、越中屋を突き放すように水に浮かせた。

船底に残っているわずかな空気を吸うと鮫島は、ぐずぐずしている薙左に怒鳴った。

「とっとと出ろ。おまえまで死ぬつもりか」

「大丈夫です。こういう所から抜け出す鍛錬は、何度かやったことがあります」

「稽古とは違うンだ。波も荒い、ぼやぼやしてると船体が傾いて、息が出来る〝茶碗〟もなくなるし、帰り道も閉ざされる。とっとと行け。命令だ！」

「でも……」

「早くしろッ。こいつを運ぶのは俺一人で充分だ。急げ！」

鮫島の厳しく荒らげる声に、薙左は従わざるを得なかった。

「気をつけて下さい」

それだけ言って再び薙左が水に潜った。気を失っている越中屋の口や鼻から水が入らないように塞いでから、鮫島は命綱を引くと同時、脇に抱えて潜った。

その途端、思いも寄らぬ大波が来たのか、激しく船が傾いた。

ほんの一瞬のことだったが、越中屋が鮫島の腕から離れ、川底に沈みそうになった。鮫島は必死に腕を摑んで引き寄せ、命綱が引かれる方向に泳いで、湯船から離れようとした。

少しでも水の深みにはいると、途端に視界が悪くなる。少しだけ息を吐いて泡の昇る方を確認して、上昇しようとした。だが、今度は命綱が急に体を締めつけてきた。そして、糸が絡んだ凧《たこ》のように前後左右に激しく揺れて、あっという間に行く手を見失った。

――ばかやろう、薙左のやつ。

鮫島は苛立ちすら覚えた。おそらく、さっきの湯船の傾きで、薙左が体勢を崩して、命綱を絡めたに違いない。下手をすれば、薙左までが船体の重みで引きずり込まれるかもしれない。

渦に巻き込まれたように湯船の煙抜きの板にしがみついていた。鮫島は息を止めていられたが、意識のない越中屋の口から、ボコッと息が洩れた。このままでは激しく水を飲み、肺臓に浸潤しては命が危うい。

――早く戻らねばッ。

そう思ったが、それまで安定していた船体が傾いたせいで、思うように出口に辿《たど》りつけない。鮫島は、ほんの一瞬、

――こいつを捨てていけば、自分だけなら、水上に戻ることは容易にできる。

と脳裡に浮かんだ。

――どうせ生きているに値しない奴だ。極悪非道な男だ。こんな男を助けて何になるんだ。いずれまた、こいつによって何の罪もない善人が苦しむだけじゃねえか。こんな波が荒いのに出たがために、湯船に連れ込んだ娘も死んでしまった。すべて、越中屋のせいじゃねえか。こんな奴は……。

助けなくてもいい。危険だと判断したら、船手同心は己が命を犠牲にしてまですることは

ない。まずは己が無事帰還することが大切なのだ。それは常々、船手奉行からも言われていることだ。武士道に則《のっと》っても恥じるべきことではない。

鮫島がそう自分に言い聞かせて、越中屋から手を離し、絡んだ命綱を脇差で切り取った時である。まるで鮫のように音もなく鋭く近づいて来た白いものが、川底に沈みゆく越中屋に手を伸ばして懸命に抱えた。

それは薙左だった。

「上まで導いて下さい」

身振り手振りで必死に訴えている。鮫島は気を取り直すと、薙左が引き上げた越中屋の腕を摑んで、迷路に入った時にするように、一方の手だけを船の壁に触れながら、水面を目指していった。

薙左が押し上げる力もあって、ほんのわずかな間に川面に顔を出すことができた。

「ぷふぁあッ。すぐに水を吐かせろ！」

失神している越中屋を、御用船の縁から世之助に引き上げさせながら、鮫島は必死にそう叫んでいた。

三

水茶屋のおくみの葬儀は、越中屋が盛大に出した。無理に風や波の強い日に湯船を出した罪の償いというよりは、越中屋がいかに、おくみを大切にしていたかを世間に知らしめるための見栄である。

一段落ついてから、鮫島は薙左を引き連れて、越中屋を訪ねた。

「これは船手の鮫島様……でしたか。その節は大変、お世話になりました」

九死に一生を得た越中屋の主人は、深々と頭を下げた。足首を怪我したせいか、少し引きずっている。

店先では申し訳ないと、奥の座敷に通した上で、三方に載せた切餅小判を四つ、百両を鮫島の前に差し出した。

「先日の御礼でございます。本来ならば、こちらから船手奉行所に参りまして、お詫び方々、諸費用共々、お支払いしなければならないところ、足をお運び下さり恐縮でございます」

越中屋は丁寧に挨拶をしたが、鮫島は嫌悪の目を向けて、

「腹にもねえことは聞かないよ」

　とピシャリと鞭でも打ちつけるように言った。越中屋はわずかに頰のたるんだ肉が震えたが、弱々しい掠れ声で返事をした。

「これは厳しい、お言葉ですな。あの波の中で船を出させたのは深く反省しております。でも、船頭が大丈夫だと言っておりましたので、つい……」

「嘘をつけ。船頭は何度も止めたって言ってたぜ。それを、おまえは無理に出たと」

「嘘です。あの湯船の船頭は自分が責められるのが嫌で嘘をついてるのです」

「ま、いいや。今日はそんな話をしに来たんじゃねえよ」

「は？」

「おまえに聞きたいのは別のことだ」

　鮫島は舐めるように越中屋の居住まいを見ながら、「馬子にも衣装っていうが、随分と見違えるもんだな」

「どういうことでしょうか」

「名も、数右衛門と先代のものを引き継いでたんだな」

「一体、何のお話でしょうか。奉行所への御礼ならこのとおり……それとも、百両では足りぬとでも」

「こんな小汚い金は貰う訳にはいかねえんだよ。なあ、越中屋、おまえ一人が生き残った気持ちはどんなだい。この世の中で一番惚れた女とシッポリ濡れようと思った助平心だったんだろうが、とんだズブ濡れになったな」

「ちょっと旦那……」

越中屋は不愉快そうに口元を歪めて、逆に罵ろうとしたが、爆発寸前で止まった。

「おやおや。金持ちになると辛抱もできるようになったと見える」

「………」

冷たく荒れる川の中では恐怖心に満たされていたからだろうか、鮫島が話したことは、どうやら覚えていないようだ。

「何が言いたいのですか、サメさん」

と薙左の方が鮫島の言動が気になって、はっきり言って欲しいと問いかけた。

「そうよな。だが、今更、昔のことを暴いたところで……」

鮫島が意味ありげな笑みで越中屋を睨みつけながら、「どうせ、抜け目のないおまえのことだ。何もかも悪さの証はすっかり消してるんだろうよ」

「噂じゃ、船手奉行でも腕利きと言われる鮫島様らしいですが、持って回った物言いはやめて下さいまし。そりゃ私の命の恩人でございますから、感謝をしております。足を向けて寝られません。しかし、どうやら私のことが、お嫌いらしい。何か誤解をなさってるんじゃありませんか？」

「じゃ、はっきり言ってやるよ」

と鮫島はもう一度、鋭い眼光を放って、「おまえは俺の大切な妹を殺したんだ」

「は？」

越中屋はあまりにもバカバカしいとでも言いたげに鼻先で笑ったが、商人らしく丁寧な物腰で問い返した。

「私が、あなた様の妹を？　これは面妖なことをおっしゃられる。どうして私がそんなことを……第一、鮫島様の妹様など知りもしません」

「そりゃ、そうだろ。おまえにとっちゃ、掃いて捨てるほどの女の中の一人だったんだろうからな」

「おっしゃってる意味も分かりませんが」

「惚けても無駄だ。美保《みほ》という名に覚えがあろう。それが俺の妹だ」

「美保……はて。お武家の娘様には、よくあると言えば、よくある名ですよね」

呆れた顔になった越中屋に、鮫島は威圧するように顔を近づけて、

「だったら、相州小田原城下は片町の『すみれ亭』という茶店はどうだい。おまえが毎日の

ように通っていた茶店だ。水茶屋のように酒は出ねえが、流行りの茶漬けを出す店でな、小田原沖で釣れる鰹《かつお》を叩いたものや、しらす、鯵《あじ》などの魚と小田原名物の梅を混ぜ合わせた、人気の茶店だった。美保はその店の小町娘でな、藩士の中でも通い詰めてた者もいる」

「はて」

「その頃、俺は小田原藩士だったんだ。そこでも船方役で、漁師の船や沖を通る帆船の警護や水際の事件を扱ってた。妹の美保は、もちろん嫁入り前で、どこぞの家中に奉公させたかったが、侍の娘ながら、美味しいものを出す料理屋に憧れててな、その手始めに自分なりに修業をしてたんだ」

越中屋は顔色ひとつ変えずに、かといって迷惑がっている様子もなく聞いていた。傍らでじっと見守っている薙左は、二人の表情を見比べていたが、話がかみ合わなければ、感情もすれ違ったままだと感じていた。

「おまえは小町娘が好きなんだな」

と鮫島はなおも続けて、嫌味な口調で越中屋を罵るように言った。

「大店の主人に収まった今じゃ、昔のような色男ぶりは薄れたようだが、あちこちで女をたぶらかしては金を貢《みつ》がせ、時には盗みの手引きまでさせていた」

「…………」

「この店に入ったのも、どうせ、先代主人の娘を色仕掛けで落としたからだろ？」

「本当にいい加減にして下さいまし。それじゃ、私の女房が可哀想だ。私は身代が欲しくて、おさえを嫁にしたんじゃない。心底、惚れてたから……」

「ちゃらちゃら言うねえ。だったら、水茶屋の娘と湯船なんぞにシケ込むものか」

「それは野暮ってもんだ。旦那だって色事のひとつやふたつ、覚えがあるでしょうが」

「ねえな。世の中の男が、ぜんぶ、おまえと同じ女たらしだと思うな。ただの女たらしじゃねえ。女をてめえの欲の道具としか思っちゃいねえ」

「…………」

「えっ、違うのかい、生駒の弁三」

鮫島は、さりげなく相手の昔の通り名で呼びかけた。だが、越中屋はピクリともせず、勘弁してくれとばかりに頭を垂れて、

「旦那……そろそろ、お引き取り下さい」

と三方を押しつけた。鮫島はこんな穢《けが》れた金はいらないと払いのけて、今にも斬り殺さんばかりの勢いで、刀の柄を相手のドテッ腹の一寸前まで突き出した。

「白を切ったところで、いずれ正体はバレる。どうでえ、ここで会ったが百年目。正直に話せば、死罪だけは免れるかもしれねえぞ」

「一体、何を話せと言うのです」

「何もかも、だよ」

「参りましたな……」

と越中屋は薙左に救いを求める目になって、「私に何か不都合があれば謝りますが、何の話かさっぱり分からないから、返答のしようがありません。若い旦那からも勘弁してやってくれと言って下さいな」

薙左は素直に越中屋の頼みを聞くように、

「サメさん。ここんところは帰りましょう。私にも、よく分かりません」

「おまえは黙っておれッ」

「！………」

思わず薙左はのけぞった。鮫島が仏頂面なのは毎度のことだが、いつもとは違う乱暴な口調である。妹の話の真偽は分からない。だが、確かに、

——あの時は妙だった。

と薙左は思い返していた。鮫島が一度、船底から帰って来た時である。イザとなれば、いつも淀みなく、きびきび動く鮫島が曖昧な態度だった。しかも、救うのを諦めたような顔をしていた。

――ひょっとしたら……あの時、サメさんは、越中屋を見捨てようとしたのではないか。だから、ためらっていたのではないか。

薙左はそう感じたが、実際は懸命に助け上げた鮫島の真剣さに嘘はない。そう信じていた。それゆえに、執拗に越中屋に絡みつく鮫島の本当の事情を、薙左は猛烈に知りたくなった。

大切なものを失う悲しみは分かっているつもりだ。しかし、

「守るべき大切なものがない奴に、船手奉行をやる資格はねえんだよ」

と言った鮫島の言葉が、今ひとたび、薙左の胸の中に響いてきた。

四

越中屋の主人の妾は、おくみ一人ではなかった。仙台堀川から程近い、冬木《ふゆき》弁天堂の側の庵《いおり》のような瀟洒な屋敷に囲われていた。木場の雰囲気が漂い、木の香りとともに筏師《いかだし》の掛け声が聞こえてくる風情は、薙左も懐かしく感じた。

「ごめん下さいよ」

と声を掛けると、明るい声で小走りで出て来た女は三十路《みそじ》前であろうか。花柄の着物に真っ白い前掛けをしていた。年増の割には愛嬌のある口元のえくぼが印象に残る。

——何処かで見たことがある。

と薙左は思った。だが、何処で会ったかは思い出せなかった。

「越中屋のご主人のことで尋ねたいことがあるのだがね」

薙左が自分の身分と名前を名乗ると、

「ああ。先般はご迷惑をおかけしました」

と丁寧に礼を述べて、玄関の上がり口にすぐさま座布団を運んで来た。日陰暮らしをしているにも拘わらず、どこにも暗い影はない。ちらっと見えた鄙《ひな》びた裏庭のありようが、女の控え目な性質を表しているようだった。

「越中屋とは、いつ頃、知り合ったんだい？」

と薙左が訊くと、お篠は素直に答えた。

「ついこの前……といっても、半年程前のことでしょうか」

「言いにくいことは構わないが、馴れ初めを教えてくれないかな」

「はい。別に隠し事なんてありませんよ。旦那様とは、たまさか、すぐそこの冬木弁天堂の前で出会ったのです」

冬木弁天堂は、承応年間に、冬木五郎《ごろう》右衛門《えもん》という材木商が、琵琶湖の竹生島の弁財天を分霊して祭ったものだと言われている。

何代も続く豪商を守った神様だから、それにあやかって、越中屋は時折、参拝に来ていたという。深川不動尊や富岡八幡宮ではなく、冬木弁天堂に拘ったのは、やはり名商人と呼ばれた冬木五郎右衛門を尊敬していたからだという。

「あの人、あれで結構、神仏を信心する方なんですよ」

あの人と言う時の少しはにかんだ仕草が、薙左にも可愛らしく見えた。この女も、色男の越中屋の魔力にはまっているのか、それとも、心の底から信頼をしているのか、薙左にはよく分からない。

「あれで結構ってのは、どういう意味だね？」

「だって……」

お篠はうふふと可笑しそうに笑った。何か話すたびに、小さく笑うのが癖のようである。そのたびに、えくぼが浮かぶ。越中屋でなくとも男なら惹かれるかもしれない。

「だって、あの人は薬屋ですよ。薬屋のくせに、風邪を引いた時だって、薬を飲むよりも神様仏様に祈ってる方が治りが早いって信じてるんですものね」

「そうなのか？」

「もっとも、病は薬が治すのではなくて、薬は神仏が治すのを手伝うだけだ。それが持論のようですけど」

「なるほど……」

一理あるなと薙左は思った。鮫島は越中屋のことを、人殺しだとか女たらしだとか、酷い男だと決めつけていたが、そうでもないかもしれぬ。店の主人になった経緯がどうであれ、新しい薬や滋養剤を作って、人々の役に立っているのは事実だからだ。

お篠は冬木弁天堂で、ならず者に悪戯されそうなところを、越中屋が小判を数枚与えて、事なきを得たらしい。お篠はすぐ近くの太物問屋で下女として奉公していたのだ。一目惚れした越中屋はすぐさま、お篠を妾にして、家を持たせてくれたという。

その上、病弱だった母親の面倒も見てくれ、懇意にしている蘭方医に頼んで、悪い肺臓などを良くしてくれたという。母親はその後、生まれ育った高井戸村に帰って野良仕事をしているが、暮らしのための金は、越中屋がお篠を通して渡してくれている。

「越中屋さんこそ、弁天様でございますよ」

お篠は感謝している。

「そりゃ世間では、色々と悪い噂をする人もいます。私も面倒を見て貰ってる立場ですからね、悪口なんぞ言うはずはないと思うでしょうけど、本当に立派な方ですよ」

「立派な、ね」

「あら、疑った目をしましたね？」

と、お篠は屈託なく笑って、「でも本当ですよ。地震や火事で焼け出された人たちに、惜しげもなく食べ物や着物を恵んだ上に、色々な薬も配ってるんです。なかなかできることじゃないでしょ」

薙左も思わずクスリと笑ってしまった。

「お篠さん、あなたの顔を見ていると、しぜんと気持ちが軽くなります」

「あら、人様の顔は自分の鏡と言いますよ」

「え？」

「早乙女の旦那が穏やかな顔をなさってるから、こっちもついつられて」

「はは、そんなことはない」

心底、越中屋を信じているのは間違いなさそうだ。それだけに昔のことをあれこれ詮索されるのは嫌がると思ったが、薙左の問いかけに、お篠はこれまた素直に答えた。

「元々は上方にいたらしいのですが、どんな商いをしても上手くいかず、あちこち渡り歩いているうちに、越中富山の置き薬のことを知ったとか」

「置き薬……」

「はい。そうです」

富山の置き薬は、富山二代目藩主前田公の頃から始まったと言われている。前田公が江戸城に登った折、同席していた他の藩主が激しい腹痛になったところ、『反魂丹《はんごんたん》』という薬を服用させたら、たちどころに治ったという。それを見ていた諸藩の大名が、自領の領民に欲しいと願い出たことから広まった。

だが、町中ならまだしも、奥深い里や離れ孤島などは、いざという時に薬が飲めなければ意味がない。ゆえに、預け箱にあらかじめ薬を入れて置いて、使った分だけ、後に代金を徴収するというやり方を生んだ。

「〝先用後利《せんようこうり》〟というそうです」

と、お篠は少しだけ得意げな顔になって言った。

「良い薬を作って、色々な所に置いておいて、もし風邪や腹痛になったら、それを役立てるのが一番。儲けは、後にしなさいってことです。まさに越中屋の旦那様は、そういうお方ですよ」

「生駒の弁三、という名を聞いたことはないかい」

唐突な問いかけに、ほんのわずかにお篠の顔色が変わった。薙左が訪ねて来てから初めて見せた戸惑いだった。

「知ってるのかい？」

「いいえ。その人が何か旦那様と関わりがあるのですか」

「俺も素直に言うけどな、生駒の弁三という者が、越中屋かもしれないのだ」

「誰なのですか、それは」

「さあ、私もよく知らないのだ。だから、あなたが知っていれば教えて欲しいと。さっき、冬木弁天堂を信心してると言ったが、弁三という名も、それにあやかっていたのかもしれないしな。上方にいたのなら、生駒というのも……」

「ごめんなさいね。私、越中屋の旦那様の昔のことは、余り知らないんですよ。さっきも言ったでしょ？　半年前に知り合ったばかりだって」

「ああ、そうだったね」

「ごめんなさいね。そろそろ支度をしなくっちゃ」

「支度？」

「今日は旦那様が会いに来てくれる日なんですよ。うふふ。だから、こうして掃除したり、洗い物をしたりね。これから買い物して、何かおいしいものを作らないと」

「ああ……なるほど、これは邪魔をしましたね」

「ごめんなさい、お役に立てなくて。生駒の弁三、でしたね。旦那様にも聞いてみますわ、私から」

　お篠はえくぼを見せながら屈託なく笑うと、頭を下げて忙しそうに立ち上がった。薙左の

脳裡の片隅に、小さな壁みたいなものが俄に張りついて、

——この女は本当は何かを知っている。

という思いが去来した。確信ではない。しかし、明るい笑顔の裏には、越中屋の穏やかな態度と同じような〝嘘〟を感じた。

五

その夜遅く、鉄砲洲の小料理屋『あほうどり』に立ち寄った薙左は、提灯から火を落とそうとしているさくらに声をかけた。船手奉行御用達というが、何のことはない、側にはここしか酒を飲める所がないのだ。

「もう店じまいかい？」

「あら、ゴマメちゃん。随分と遅いじゃないですか」

「そう呼ぶのはやめてくれって何度も……」

「だって、うちじゃゴマメちゃんだわよ。お偉いさん方もそう言ってるしね。ほんとの名は何ンだっけ？」

「冗談はいいよッ」

「また、そんな顔して膨れる。軽く聞き流しとけばいいのよ」

さくらは店の小女として働いているが、ゆくゆくは長崎に蘭方医学を学びに行く夢があるらしい。しかし、いくら医者の卵だと言っても、年下のさくらにからかわれるのは嫌なものだ。薙左もまだ子供じみてるというところか。

「ところで、サメさんはいるかい」

「ついさっきまでいましたけどね。急ぎの用が出来たからって」

「急ぎの用？　何だろう」

「さあ。お勤めではないようでしたよ」

提灯の火を吹き消して店内に戻ったさくらは、暖簾も手際よく片付けながら、「そう言えば……妹さんの七回忌だとか言ってた」

「……サメさんに妹がいたことは、みんな知ってたのかい？」

「自分のことはあまり話さないからね、サメさんは。でも、一度だけ聞いたことがある。亡くなったって」

「人の話はよしなさい、さくら」

と女将のお藤《ふじ》が奥の厨房から顔を出した。

女ながら板前顔負けの料理を出すのだが、とても庖丁と縁があるような顔には見えない。

大店《おおだな》の奥方のような趣があって、水を使う商いをしているとは思えない。

実は、与力の加治周次郎とは、昔何かあったという噂もあるが、まったく噂に過ぎなかった。むしろ、その曖昧さが、お藤の艶《つや》っぽさに輝きを持たせていた。

「サメさんに限らず、誰にでも人に話したくないことの一つや二つはあるでしょ」

「女将さんもですか」

さくらが意味ありげな微笑を向けると、当たり前でしょうとあっさり答えて、薙左に鮫島の行方を教えた。

「あら、人のことは話さないって言った口の下から」

と、さくらが少し膨れると、薙左はすぐさま女将に頭を下げた。

「ありがとうございます。仕事のことでどうしても」

「分かってますよ。『あほうどり』は船手奉行所の番屋も同じですからね、お勤めのこととなりゃ話は別です」

お藤の柔らかな表情が、殺伐とした船手奉行の連中に埋もれる毎日の中で、唯一の救いであった。薙左はそのことを素直に言うと、お藤は母親のような顔になって、

「でも、みんな、心根はいい人ばかりだからね。人様のことに命を賭ける人たちだからね。そのことは忘れなさんな」

と、さりげなく付け足した。

薙左も少しは分かりかけてきたつもりである。しかし、まだまだ薙左の価値観からはズレている気がする。素直でないというか、意地悪というか。そんな雰囲気に慣れるにはまだ時がかかりそうだ。

とまれ、女将から聞いた鮫島の行く先を訪ねたのは、さらに宵が深まって、みぞれ混じりの夜風が吹きはじめた頃だった。つい先程までは西の空に三日月が、ぼんやりと浮かんでいたのに、すっかり見えない。

訪ねた所は、江戸橋広小路近くの青物町に住む岡っ引の家であった。岡っ引と言っても、以前は江戸町火消しの筆頭を勤めた程の人物で、町奉行所からも信頼が厚く、手勢の下っ引を十数人抱えていた。事あらば、町火消したちも動くから、江戸の治安には欠かせない仁俠道の男であった。

町火消しの頃には築地あたりを受け持っていたから、築地の鉄五郎《てつごろう》と呼ばれている。八丁堀に程近いから、町方与力や同心は事件が起きれば必ずというほど呼びつけた。陸の事件なら、船手奉行所も宛てにする存在であった。

鉄五郎の住まいは、小さな商家を改築したものだが決して贅沢ではなく、若い衆を抱える顔役にしては、むしろ地味な佇まいだった。

「ああ、鮫島の旦那なら先程来たが、もう帰りやしたよ」

玄関先に立つ薙左に、鉄五郎は嫌な顔ひとつせずに答えた。

「組屋敷には帰ってないんですよ。他に行く心当たりはないですか？」

薙左は丁寧な言い方で尋ねた。武士と町人の身分の差はあれども、明らかに目上や年上に対しては礼を尽くしているつもりだ。もちろん、鉄五郎とは初対面である。

「近頃の若い者にしちゃ、旦那はしっかりなさってますね」

「そんなことはありません」

「いや。鮫島の旦那もえらく感心してやしたぜ」

「サメさん……いや鮫島さんが？　まさか。あの人にはいつも怒鳴られてばかりです」

鉄五郎は曖昧に笑みを洩らしてから、

「だがね、早乙女の旦那。今度ばかりは、鮫島の旦那一人に任せてみちゃ如何です？　あっしも、できる限りの手伝いはしやすが、あまり深入りはしねえ方がいい」

「深入り……どういう意味です？」

余計な事を言ったと鉄五郎は口をつぐんでから、

「とにかく、鮫島の旦那にも申し上げたが、越中屋をあれこれ調べるのは、やめた方がいいってことです」

「どうしてです」

「どうしても、です」

「鮫島さんが、鉄五郎親分を訪ねて来たということは、越中屋のことに詳しいからでしょう。あるいは懇意にしているとか」

「そりゃ、何度か色々な捕り物で越中屋を調べたことはあるが、懇意なんてことじゃありやせんよ」

「だったら、なぜ調べるななどと」

「とにかく、およしなさい」

薙左は訝しげな顔になって、

「私は、鮫島さんの妹の死の真相を知りたかっただけなのです」

「妹の？」

「あなたは江戸に聞こえる名岡っ引だというから正直に言います。鮫島さんは、妹を殺した男を、自らの命が危ういギリギリのところで助けたのです」

「越中屋のことでやすね」

「はい。その事を、鮫島さんは、ああいうお方ですから、自分の胸にしまってるようですが、どうしても越中屋だけは許せない。そう感じているようなのです」

「……………」

「船手奉行同心として、溺れかかった越中屋を助けたことは当然だし、悔いなどないと思います。でも、自分の妹を汚《けが》して殺した相手と確信している今……どんな手を使っても仕返しをするやもしれませぬ」

「仕返しを、ねえ」

「私はそれを止めたいだけです。妹の敵を討ちたい気持ちは分かります。でも、きちんと法に則って裁くべきです。つまらぬことで、鮫島さんが船手同心としての勤めができなくなるようなことは避けたいのです」

「つまらぬ、だと？」

鉄五郎はほんの一瞬だけ、背筋が凍るような鋭い眼光を放った。その視線がまともにぶつかった薙左は思わず目を逸らして、

「鮫島さんのことを思って私は……」

と誤魔化すように言葉を濁した。鉄五郎の異様な目つきはすぐに元に戻って、

「早乙女の旦那の言うとおり、つまらぬ仕返しかもしれやせん。だからこそ、越中屋には関わらない方がいい」

「そうですか……そこまで内緒にされてしまっては、私も益々、調べ甲斐が出て来たという

ものです」

薙左は皮肉を言いながらも、玄関に吹き込んで来る寒風を気にして、「夜分、迷惑をかけました。ご老体に風邪を引かせたりしちゃまずい。どうも失礼しました」

と丁寧に挨拶をして玄関を後にした。

鉄五郎が唸るような溜息をつくと、若い衆がすぐさま戸を閉めて、しっかりと心張り棒をかけた。

「またぞろ、船手に骨のある奴が舞い込んで来やがった……困ったもんだ」

そう言いながら鉄五郎は微笑混じりで頷き、よいしょと腰を上げた。

六

越中屋数右衛門が鉄砲洲の船着場に来たのは、その翌日の明け方だった。

上方に戻る廻船に便乗して、その後、長崎まで南蛮渡りの薬を買い付けに行くというのが名目であった。供には若い手代二人と妾のお篠を連れていた。

沖に浮かぶ廻船に乗るために艀を利用する。その桟橋に佇む越中屋に、鮫島は曰くありげな顔で近づいて来た。

「江戸から逃げるってのか？」

いきなり礫でもぶつけるような勢いで、鮫島は越中屋に突っかかった。

「逃げる？　とんでもありません。上方や長崎に商いでしてね」

越中屋が低姿勢で答えるのへ、鮫島は険悪な顔を露わにして、

「ついでに、その女も逃がそうって腹かい」

「何をおっしゃってるのやら」

「生駒の弁三。これからは、そう呼ぶぜ。おまえの素性どおりにな」

「おやめ下さいまし」

「一生遊んで暮らせるほど稼いだはずだ。後は番頭にでも任せて、面白可笑しく、浮き世暮らしをするつもりだろうが、そうは問屋が卸さねえぞ。おまえが泣かした……いや殺した女たちの怨みを背負って生きて貰う」

「また、そんな話を……」

越中屋は我慢の限界だとばかりに、わざと大声を上げて、近くにいる商人や人足などに聞こえるように、

「私は痩せても枯れても、公儀御用も賜る薬種問屋の越中屋ですよ。薬は他の商いと違って、信頼が第一なのです。私に何の怨みがあるのか知りませんが、嫌がらせはやめて下さいま

し」

「そんなことを言っていいのか？」

鮫島はまったく怯《ひる》む様子はなく、余裕の笑みさえ浮かべて、連れの妾を振り向いた。

「お篠とか言ったかな。おまえの素性も洗ってるんだぜ」

素知らぬ顔をしたままのお篠は、越中屋の背中に隠れるように俯いていた。

「しおらしく、可愛い女に見せちゃいるが、その昔は生駒の弁三と組んで、散々、悪さをしてたらしいじゃねえか」

「…………」

「女に近づくには、まず女だ。おまえさん、適当な女に目をつけちゃ、習い事だの仕事を世話するだのと親しくなって、生駒の弁三と出会わせる。弁三はそりゃ、ふつうの女から見りゃ、ちょいといい男だ。役者絵から抜け出たような色男だ。一緒になってくれだの、一生面倒を見てやるだのと言って騙しては、金を貢がせた」

鮫島はすべてを見たように、身振り手振りで話した。

「違うかい、お篠。おまえだって、道中師みてえなもんで、旅籠《はたご》に忍び込んでは人様の枕荒しをしてたって噂だ」

「冗談じゃありませんよ。旦那、人前でこんなこと言わせといていいんですか？」

とお篠は越中屋にシナを作ってみせる。そんな態度にはお構いなしで、鮫島はしつこいくらいに食い下がった。

「おまえたち二人は、あちこちの西国の藩からも、人相書つきで手配りされてたじゃねえか。隠したってダメなんだよ」

「鮫島の旦那……」

今度は越中屋が重い口を開けるように、「旦那には感謝してますよ。命の恩人ですからね。あなたが自分の危難を顧みず、助けに来てくれなきゃ、今頃、私もおくみと一緒にあの世に行ってた。ですがね、それとこれは話が別だ。何度も言うが、生駒の弁三なんて男は知らないし、お篠だって盗みをするような女じゃない。半年前に知り合ったばかりの女なんですよ」

「半年前に、再び巡り会ったんだろ？　それで、また悪さをしたくて疼《うず》いてきた。その悪さってのが、おくみ殺しだ」

「おくみ殺し？」

「そうだ。ありゃ湯船がひっくり返って死んだんじゃねえ。おまえが殺して、それを溺れて死んだと見せかけるために、船をひっくり返したンだ」

「…………」

「もっとも、おまえが考えていたより酷《ひど》い事になったんだろうが。違うかい」

越中屋は我慢もここまでというように怒りを露わにして、

「戯れもここまでにして貰いましょう。どうやって、あんな大きな船をひっくり返すのですか。無茶苦茶な話をしないで下さい」

「無茶じゃねえよ。ひっくり返る前に、漁船にぶつかってるが、ありゃ、わざとぶつかった節もある」

衝突する際の船の迂回の仕方や残された船の傷の具合から、そう判断したという。鮫島一人で見立てたものではない。船手奉行の他の同心や船頭たちの意見も採り入れてのことだ。とはいえ、わざとか事故かを決める証はどこにもない。真実を炙り出すために鎌を掛けているのだ。

「船がひっくり返ろうが返るまいが、どの道、おまえは、おくみを隅田川に放り出すつもりだったのだろうよ。その前に、湯船の風呂桶で溺れさせてな」

「…………」

「風呂で溺れたか、川で溺れたか、遺体を見ても区別がつきにくい。別の所で殺したのを、川に捨てたのなら、肺臓を調べれば、少しは分かろうってもんだがな」

「いい加減……」

「聞けよ弁三。まだ艀は出やしねえよ」

と鮫島は渾名どおり、食らいついたら相手が千切れるまで放さないとでも言いたげに、鋭い牙を剝いた。

「湯船の風呂桶にはな、おくみの髪の毛が何本も張りついてた。まるで怨念を残すみてえにな。それと、桶の縁は苦しみ藻搔いたおくみが必死に摑んだンだろうよ。爪痕が幾つもあった。おまえが首根っこを摑んで、溺れさせた証だ」

「その時は……一緒に湯に入ってたんだ。私だって逃げるのに必死だった。おくみの髪の毛や爪痕が残ってても不思議じゃないでしょうが」

「湯に入ってた？　一緒に？」

鮫島はシタリ顔になって、越中屋の鼻先に顔を近づけて、

「おかしな話じゃねえか。おくみは着物を着たままだったんだぜ？　引き上げたのはこの俺だ。間違いはねえ」

越中屋は一瞬、シマッタと口元をへの字に歪めたが、

「こっちは溺れかけて生き死にの時なんですよ。細かいことなんか覚えてませんよ。ああ、そういや、まだ湯に入る前だったかもしれませんねえ」

と自棄気味に吐き捨てた。鮫島は苛立ったような越中屋の顔を睨みながら、

「お篠」

と声をかけた。返事はないが、構わず鮫島は勢いづけるように続けた。

「おまえ、仮にも越中屋の妾なら、他の若い女を湯船に連れ込んで、一緒に入ったなんぞと聞かされて平気なのか？」

「私は日陰者ですから……」

「いくら妾だとはいえ、越中屋の内儀は既に先立ってる。世間の手前、おまえは店には住んじゃいねえが夫婦も同然だ。本当なら、腸《はらわた》が煮えくり返りそうなもんだ」

「それは、人それぞれでしょう」

「嫉妬もしねえのはな、お篠、おまえも知ってたからだ。弁三がおくみを殺す、とな」

越中屋は思わず、お篠の手を引いて、艀の方へ歩き出した。しつこく追う鮫島に、首だけで振り返って、

「旦那、いいですか。よしんば私が殺したとして、一体何のためです。確かに、おくみには可哀想なことをしましたがね。あの娘を殺して私に何の得があるのです」

「それは、おまえが一番知ってるだろうよ。そして、お篠もな」

鮫島は二人を睨みつけた。微かに震えているのが分かる。

――俺の勘に間違いはない。この二人は通じている。そして、おくみを溺死に見せかけて

殺した。

と鮫島は確信した。捕らえて拷問でもすれば吐くに違いない。もちろん、番屋での拷問は限られており、石を抱かせたり、海老《えび》吊りなどの厳しいものは、船手奉行だけの判断では実行できない。陸でのことについては町奉行の許可もいる。

もっとも、その許可は単なる手続き上だけのことが多く、現場に一任されていた。しかし鮫島は、船手奉行の戸田泰全にすら黙ったままで執り行う覚悟だった。

「船手番所まで来て貰おうか。おとなしく従った方が身のためだぜ」

逆らえば、御用を拒んで逃走を謀《はか》ったために斬る、とでも言いたげに、鮫島は腰の刀に手を当てた。居合いの達人である。その気になれば、容易に斬れるであろう。

しかし、越中屋も肝が据わっていて、「丸腰を斬れますか」とでも言いたげに、不敵な笑みを洩らしている。その人を食ったような目つきに、

「どうせ俺が拾ってやった命だ。ここで斬り捨てても諦めがつくんじゃねえか？」

と越中屋に向けて、鮫島が刀を抜き払おうとした時である。その腕をぐいと打ち落とすように制した者がいた。

「親方……！」

振り向くと、戸田が立っている。

「どうして、止めるんですか」

戸田は黙したまま、ドンと鮫島の胸板を掌で突き飛ばして、

「サメさん。きちんとした証もないのに、無茶はいけねえな」

「親方？」

越中屋は不思議そうに、戸田を見やった。鮫島を突き飛ばした後、寒そうに懐手になって、背中を丸めた小太りの侍は、どう見ても旗本職の船手奉行には見えない。紋付き羽織こそ着ているが、剃《そ》り残しの髭もまばらで、真っ赤に日焼けした顔は、まさに大工か船頭の親方だった。

「船手奉行様だよ」

鮫島が言うと、越中屋は恐れ入って後ずさりし、深々と頭を下げた。すぐさま、お篠も腰を折ったが、

「様は余計だ、様は」

と鮫島に文句を言ってから、戸田は二人に向き直った。

「こいつはサメって言うくらいだから、嚙みつくのはいいんだが、情けってのを知らねえんだ。ま、勘弁してくれや」

「と、とんでもございません」

越中屋は頭を下げたままだが、戸田の伝法さに、

——やはり、船手奉行だ。噂どおり、柄が悪い。

と思っていた。その心に浮かんだことを見透かしたかのように、

「上品に取り繕《つくろ》ってちゃ、勤めにならねえんでな」

「承知しております」

「こいつには俺からキツく、お灸を据えとくから、気を悪くするな。ほら、艀が出るぜ。ま、また何かあったら、探索の手助けをしてくれや、な」

「恐れ入ります」

もう一度、深々と礼をすると、越中屋は逃げるように、お篠の手を引いて艀に飛び乗った。すぐさま船頭に漕がせて、岸を離れる。まるで船着場から、鮫島が飛び乗ってくるのを避けたような素早い動きである。

無念そうに見送っている鮫島は、

「親方……どういうことです。俺には勝算があった。奴は間違いなく、生駒の弁三なんです。

親方も知ってるでしょうが」

「まあ、そういきり立つな」

「そんな、親方、俺はッ」

「分かってるよ。奴は、おまえが睨んだとおり、生駒の弁三だろう。上方でちょいとばかり名のあった盗人だ。だがな、おまえは盗人の弁三を捕らえたいンじゃねえ。妹を死に追いやった男を懲らしめたいだけだ」

「親方……」

「違うかい」

鮫島は黙ったまま、しかし、その険しい目は戸田に向けたまま、

「いけませんか。たった一人の妹の仇討ちをしちゃ、いけませんか」

「できるもんなら、すりゃいいじゃねえか。ただし、きちんと手続きを踏んでな。じゃなきゃ、船手同心を辞めてから、やるんだな」

「！……」

「それが筋ってもんだ。しかしよ、怨みには怨みしか返って来ねえ。おまえが一番、分かってると思うがな」

悔しそうに拳を握り締めた鮫島は、沖に小さくなって行く艀を見やった。

「でも、親方。このまま逃がしたら、あいつら二度と……またぞろ、何か悪さをする輩を世の中に放り出すことになりますぜ」

「誰が放り出すと言った」

「…………？」

「これからは、おまえの独壇場にゃさせねえよ。船手奉行所の捕り物にする」

赤ら顔の中の目がキラリと煌《きら》めいた。

「親方……何か摑んだんじゃ？」

「さあな。もう一度、端《はな》から調べ直せ。おくみの話だよ。昔のことはともかく、湯船の一件のことなら、堂々としょっ引ける」

戸田の言葉に、鮫島は一条の光を見た思いで、大きく頷いた。

七

艀から廻船に乗り移った越中屋とお篠は、知り合いの船頭が指揮をする矢倉に招かれた。船内でありながら、あなご、貝、鯊《はぜ》などを四文屋《しもんや》のように、揚げながら食べる天麩羅《てんぷら》や鯛の汁物、上等の酒などが用意されており、まるで船主のような扱いだった。

「上方に行けば、昔の仲間がいる。目立つことをせず、おとなしくしておれば、船手奉行の探索なんぞ届きはしない。怯えることはないぞ」

越中屋は、生駒の弁三の顔に戻って、ほっと息をつくお篠の肩を引き寄せた。

「一時はどうなるかと思った。おまえさんと私の関わりがバレたんじゃないかと」

「そんなドジは踏まんよ。しかし、おまえも、しばらく会わないうちに、随分と悪さを覚えたものだな」

「何を言ってるんですか。生きる知恵のイロハを教えてくれたのは、弁三さん、おまえさんですよ」

「そうだったかな」

弁三がまだ上方で、商家の後家や金持ちの娘相手に騙《かた》りや盗みをしていた頃、お篠と知り合った。引っかけようと思ったお篠が、名うての掏摸《すり》だったわけだ。

しかし、二人はどこか同じ匂いを嗅ぎ合ったのだろう。出会ったその日に褥《しとね》を供にし、翌朝からは脅しや美人局《つつもたせ》などをして、人様から金品を巻き上げていた。だが、お上に追われる身になって、二人一緒にいれば捕まるからと、涙を呑んで一旦は別れたのであった。

「江戸でばったり逢わなかったら、私は一生、捨てられてたんですねえ。お上に睨まれてたとはいえ、おまえさんに体《てい》よく追っ払われたンだ。わたしゃ、そう思ってましたよ」

「バカ言うな。俺は俺で、探し回っていたんだぜ」

「ほんとかしら」

「ああ。本当だともよ。だから、大店になりすました。評判の店になりゃ、いつかは、おまえが来ると信じてよ」

「嘘ばっかり」

もやい船が離れて、碇を引き上げたのであろうか、わずかに船体が揺れて、ゆっくりと沖へ出てゆく気配がする。

「でも、嘘でもいい……あんたとまた会えたのは夢じゃないし、これで綺麗サッパリ江戸ともお別れできる」

お篠は背伸びをするように、矢倉から陸を眺めた。江戸の町並みが作り物のように見える。土蔵や堀割、甍《いらか》が広がっている中を、せこせこと大八車や人が動いている。蠢いているという方が相応《ふさわ》しいか。

「弁三さんだって、このままずっと薬種問屋の主人に収まってるつもりなんざ、露ほどもなかったんでしょ」

「当たり前じゃねえか。物心ついた時から、浮き草暮らしが身についてるんだ。この三年の間、ああ、随分長かったなあ。猫を被るのは慣れてたが、いつバレるか、いつお上に勘づかれて捕まるか。それだけが気がかりでよ。まるで針の筵だ」

越中屋に収まったのは、やはり色仕掛けで前の主人の娘に近づいたからである。前の主人は、鮫島が推察したとおり、旅の途中で辻斬りに遭ったことにして殺した。弁三は、父一人娘一人で、さほど奉公人も多くなく、有能な番頭のいない、乗っ取り易い適当な大店を物色していたのである。

商売というのは不思議なもので、武家や豪商に支持されるような商品を売れば、素性などは誰も気にしなくなるものだ。越中屋の新しい薬や滋養剤が評判になってからは、まさか、店の主人がお上に追われている弁三とは誰も思わなかった。

ただ、水茶屋の娘おくみだけは気づいた。

越中屋として近づいて、おくみをたらし込もうとしたのだが、その助平心が仇《あだ》となったのである。

『旦那……おせいさんを手にかけたでしょ』

と脅して来たのだ。おせいとは、越中屋の一人娘である。

『越中屋の前の旦那を殺して身代を乗っ取るために、おせいちゃんをモノにした。けど、用がなくなったから……急な病に見せかけて殺した。薬種問屋のくせに、急な病なんて、変よねえ』

おせいは世辞にも美しいとは言えない女で、気性も少々荒かった。だが、おくみとは同じ習い事をしていて親しい仲だとは、弁三は知らなかった。

『私、調べたんですよ、旦那のこと。私これでも、色々とその筋の人には好かれてるものでねえ……ねえ、旦那。私もあんたの色事に騙されて一度は抱かれたんだから、これからは、ずっと一緒にいて下さいな。私を越中屋の後添えにして貰って、贅沢三昧な暮らしをさせて下さいな。でないと……すべて、お上に話しちゃいますよ』

いくら別嬪でも、水茶屋の娘如きに手綱を握られるのは御免だった。弁三がそう思う前に、おくみを消すしかないと決断したのは、お篠の方だった。

「湯船で殺せと言うたのもな……お篠、おまえは本当に悪い女だぜ、えっ」

弁三はお篠を抱き寄せて口吸いをした。船頭は外海に出るまで、戻って来ないとはいえ、人目も憚《はばか》らず乳繰り合うとは、よほど緊張の糸が解けたと見える。もちろん、船頭をはじめ水主たちは、生駒の弁三とは知らない。越中屋の主人とその妾だと思っているだけだ。

船は無事、帆を張りながら、ゆっくりと浦賀の船手番所に着いた。手形を改めて外海に出れば、まさに別天地が待っているはずだ。

「これから、船足が何倍もの早さになるぞ。俺は海を切る音が好きじゃ」

弁三がそう言った矢先、騒々しい声がして水主たちが舳先の方へ駆けて行くのが見えた。慌ただしい雰囲気に、お篠は思わずはだけたままの着物の襟や裾を直して、矢倉から外を覗いた。

菱垣に編んでいる囲いから、浦賀の番所の役人がどかどかと上がり込んできていた。

「なんだ……何事だ」

弁三も思わず身を乗り出して船縁から覗くと、数艘の御用船が廻船を取り囲むように接舷している。目を凝らすと、最後に這うように縄ばしごを登って来たのは、薙左だった。

「あいつは確か……」

鮫島と越中屋に訪ねて来た若い船手同心だと覚えていた。

「どういうことだい、おまえさん。まさか私たちを……」

「心配ェするな。ぬかりはねえよ」

「でも……」

「船番所ごときに恐れをなしてちゃ、生きちゃいけねえぜ。こういうこともあろうかと、南の町奉行や老中らには色々と面倒を見てきたんだ」

と弁三はお篠を安堵させたが、船頭が狼狽したように矢倉に戻って来て、

「越中屋さん。番所役人が荷を改めたいと」

「荷を？」

「ええ。しかも、越中屋さんのだけなんです」

「どういうことだね」

「分かりません。大体、廻船に便乗させるのも本来はいけないことなんだ。今般は、お上か

らの許しがあるからいいものの、荷物を調べられるとは……」

　不審に思う弁三の前に、端然と薙左が歩み寄って、

「越中屋。悪いが船から降りて貰うよ」

「なぜ、でございます」

「実は、おまえの問屋で売り出している『延命丹』と『清澄丸』に、偽薬の疑いがあってな、前々から北町奉行の遠山様が探索をしておったそうな」

「う、嘘、でしょう」

「嘘かどうかは、荷を調べれば分かる。探索を逃れんがため、偽薬をすべて蔵から持ち出し、このまま上方に逃げようという魂胆だろうが、そうはいかぬ」

「ばかな。私は偽薬など」

　偽薬を売れば、引き廻しの上、獄門であると『御定百箇条』にある。安井《やすい》息軒《そつけん》という学者は、〝賞罰ハ善ヲ勧メ悪ヲ懲スノ具ナリ〟と言っているが、命に関わる大切な地位の者が、それを利用して偽薬などを作ることは、人道的にも許されないことであった。

「嘘だッ。出鱈目だ。私はちゃんと薬草に詳しい医師や薬師《くすし》らにきちんと調合させた上でしか、売っておりませぬ。鮫の肝や熊胆だって、ちゃんと……」

「その薬ではない。女房のおせいや、水茶屋の娘おくみに飲ませた薬について調べておった

のだ。二人とも亡骸《なきがら》には、不審な斑点があったと検分されておる」

「！………」

「さ、おとなしく船を降りなさい。言い分があるなら、船番所で篤と聞いてやる」

弁三は悔しげに唇を嚙んで、

「こりゃ罠だ……船足よりも早く、浦賀の船番所まで来られるわけがない。予《あらかじ》め来てたんだ。鉄砲洲では引き止める理由がないから、この船番所で、手形改めの上に荷改めという役職にかこつけて、私たちを陥れるためだ。そうでございましょう」

と苛立ったように薙左に突っかかった。

「どうであれ、私は自分の役目を遂行しているだけだ。船手形改めも荷改めも当たり前のことである」

「………」

「それを拒むとなれば、もっと面倒なことになるが？」

薙左が毅然と言うのへ、弁三はふてくされた様子を見せたが、船の長は、船頭である。船番所の命令に従わなければ、すぐさま陸に上がらされる。船乗りが陸に上がっても潰しがきかぬ。

「越中屋の旦那さん」

と船頭が説得にかかった。

「疚《やま》しいところがなきゃ、荷改めを受けなすったらいい。あっしらも手伝いますから」

「船頭……」

おまえもグルだったのかと、弁三は言いかかったが飲み込んだ。お篠が袖を引いたからだ。ここで居直って素性を表したら、もはや逃げ道はないからである。

八

浦賀水道は江戸湾と外海との関所である。

『諸国通船・潮路之記』や『廻船安乗禄』という航海指南書が残されているが、船乗りの技術や日和《ひより》、磁石の利用法などを記したその書物ですら、船の安全を護ってくれている船玉神《ふなたまがみ》への祈願が大事とされている。それほど風任せ波任せの航海にあって、浦賀は重要な地点であった。

船には〝地方乗り〟と〝沖乗り〟という二通りの操り方があったが、廻船は磁石や星などを目印に走る沖乗りである。地方乗りは三百石に満たない船が、沿岸沿いに走る航法だった。いずれにせよ、浦賀を過ぎて沖に出ると、大きなうねりや風、波に晒されるので、船番所ではしっかりとした検査が必要だった。

もちろん、入り鉄砲に出女という原則に従った取り調べもあったが、海路を使った逃走を謀る咎人たちを阻止する関門でもあったわけだ。

薙左が連れて来たのは、浦賀番所の吟味部屋であった。もっとも白洲があるわけではない。玄関脇に土間付きの小部屋が二つばかりあって、船手奉行所から派遣された与力か同心が取り調べをする時に使われた。

吟味部屋には、加治周次郎が威儀を正した格好で待っていた。筵を敷いた土間に座らされた弁三は露骨に不快の顔をして、

「どうして、こんな所に私が座らされなければならないのです」

「控えろ、越中屋、いや生駒の弁三」

加治はいつになく険しい面持ちで、咎人の座る筵を凝視した。ふだんはおっとりとしているが、怒れば奉行の戸田ですら手がつけられなくなる加治である。声は穏やかだが、冷たく張りつめた視線に、弁三はわずかに息を飲んだ。

お篠は別室で、薙左が取り調べている。〝共謀〟したと思われる二人を、別々に調べて矛盾を突くやり方は、今も昔も変わらない。

「弁三、正直に言うがよい。すべてはこっちも調べ尽くしているのだぞ」

加治は揺るぎない目つきで睨みつけたまま、相手の出方を待った。弁三はギラリと睨み返したものの、急に弱々しい態度になって、

「ですから、私には何のことだかさっぱり分かりません。何度同じ事を繰り返せばよいのですか……船手奉行所の鮫島さんとやらに助けて貰っただけで、どうして目の敵にされなきゃならないんです」

「おまえの店の蔵と、廻船から抜き出した船荷から、色々と薬を調べておるところだ。毒物が少しでもあれば、それだけで三尺高い所に行かねばならぬ。しかし、見つかる前に正直に言えば、お上にも慈悲はあるぞ」

「お上にも慈悲はある……そう言って慈悲をかけてくれた例《ためし》はない」

弁三が思わず愚痴を洩らすように言うのへ、透かさず加治は皮肉っぽく、

「何度か、お白洲に座ったことがあるような口ぶりだな」

「まさか……そう思っただけで」

「では改めて訊く、弁三」

「弁三などではありません。私は……」

背筋を伸ばして毅然とする弁三は、もはや加治の目には居直ったようにしか見えなかったが、あえて言い換えた。

「越中屋数右衛門であったな。おまえが薬種問屋の主人に収まるまでのこと。それから、どうやって公儀や大店に取り入ったか、じっくり聞かせて貰おうか」

「…………」

「自分の身の上話だ。それもできないとは言わせぬぞ」

加治は扇子を膝の上で開いたり閉じたりしながら、相手が話し出すまで、沈黙を楽しむように弁三を見据えていた。お白洲に座らされた者は、静けさを嫌うものである。加治はそうやって、〝落とす〟のである。だが、弁三はなかなかしぶとそうだった。

一方――別室で取り調べをしている薙左は、お篠を目の前にして、どう攻めてよいか困惑していた。

町方で見習いをしていた折に、凶悪な咎人の予審に立ち合ったり、怪我をさせたり盗みをした軽い罪の吟味をしたことはある。が、いずれも男が相手であって、女はどうもやりにくかった。

「なんだかねえ。妙な気分だね、こんな狭苦しい所に二人きりじゃ」

薙左に対する態度や様子も、先日、聞き込みに行ったときとは随分と違う。爽やかな笑みも言葉もなく、蓮っ葉で気だるい仕草だけの女だった。

だが、お篠も沈黙は嫌なようで、意味のないことを繰り返し吐き捨てるように言っていた。

たわいもない戯《ざ》れ事である。

「若いんだからさ、もっとシャキッとしなさいよ。こっちの方が肩が凝るわいな」

「……………」

「ほら、なんか話があるんでしょうが？　聞きたいことがありゃ、何でも答えたげるよ。もっとも、うちの人のことは話さないよ。何を言っても悪く取られちゃ可哀想だからね」

「……………」

「何とか言ったらどうなのさ。ここで睨めっこを続けるつもりかい。どこを見てんだい、まったく……あんちゃん。ひょっとしたら、まだ女を知らないンじゃないのかい？　ほら、赤らんだ。いい年なんだから、悪所通いの一度や二度、行ったことくらいあるだろ。でも、なんだってね。殿方というのは、女郎は汚れ物のように見下すくせに、好いた女は観音様みたいに崇《あが》めるンだってね」

　薙左はじっと見つめたままである。

「ふん。どっちも小狡《こずる》い女にゃ変わりないのにさ。ああ、女は大なり小なり狡いもんさね。狡くなきゃ生きていけないからね……なんだよ、さっきから黙りこくってさ」

「すみません。どう話してよいか、なかなか、いい言葉が思いつかなくて」

　と薙左は素直に頭を下げた。

「謝られたって、こっちが困るよ」

「姐さんも苦労したんだ」

　唐突に薙左が洩らした一言に、お篠ははっと見上げた。

「どうせなら、観音様と崇められるような生き方をしたらどうだろう」

「なんだって」

　カチンと頭に来たお篠は、すぐさま腰を浮かして、まるで鉄火肌でも見せるかのように袖をめくり上げようとしたが、「ハハン。そうやって、相手を苛立たせて、本音をぽろりと出させるのが、あんたの手かい」

「そんなことはありません。でも、本音ってなんですか」

「ほら、またそんな……」

「どっちが本音かと言うと、この前の方が本音のような気がしますが」

「ハア？」

　お篠は素っ頓狂な声を上げて、半ば笑ったように頬を緩めた。

「何を言ってんだい、旦那ア」

「本音というか、自然というか。この前、あなたの住まいを訪ねた時の方が、あなたらしいというか。嘘がなかった。そんな気がしたものですから」

「…………」

「今の態度の方が、あなたらしくない」

「ふん。私のことなんざ、何も知らないくせに」

「だったら、教えて下さい。私はあなたのすべてを知りたい。どうして、あんな弁三のような男を庇《かば》うのか。どうして、そこまで信頼してるのか。私には分からないから」

「おお恐い恐い」

と、お篠はわざとらしく身震いをして、疑り深いまなざしを薙左に投げかけた。

「あんた。うぶなふりをして、本当はしたたかなんだ。ふん。そうやって人の心をくすぐって、うまいこと話を聞き出そうってんだろうが、そんな手には引っかからないよ」

「どうして、そんなふうに？」

薙左はゆるぎなく相手を見つめたまま、「あなたが前掛けをして、旦那を待つ姿は清々《すがすが》しいものがあった。ちらっとしか見えなかったけれど、玄関も奥の座敷も、前庭も門の外の溝も、塵《ちり》ひとつないほど綺麗に掃除されていた。邪《よこしま》な人間にはできないことです」

「…………」

「近所の人も言ってましたよ。優しい人だって。とっさに身を投げ出して、突っ込んできた大八車に跳ねられそうな小さな子供を、助けたこともあるとか」

「そりゃ子供くらい……」

「実は私も一度、見かけたことがあるんですよ。初めてあなたを訪ねた時、どっかで見たなあと思ってたんですが、やはり、あの時の人だ……私が見習同心をしていた頃です」

と薙左は膝を近づけるように前のめりになって、昨日のことのように話した。

それは、ハラハラと雪が降っている昼下がりだった。親からはぐれたのか、よちよち歩きの子供がドボンと堀割に落ちた。薙左は数間離れた橋の上からたまたま見ていて、駆け寄ろうとした時、すぐ近くの路地から飛び出てきたお篠がとっさに飛び込んだ。

すぐさま気づいた荷船の船頭らが引き上げたが、薙左は飛び込んだ女がてっきり母親だと思っていた。子供には怪我ひとつなく、騒ぎに駆けつけた母親に引き渡したのだが、薙左は、

――あの時、飛び込んだ女だ。

と思い出したのだった。

「心根のいい人なのですよ、あなたは」

しみじみと言う薙左の顔に、まるで唾棄するように大笑いして、

「世間知らずだね、あんた。ハハ、めでたいってのは、あんたみたいな若造を言うのかねえ。散らかし放題でも善人はいるし、綺麗好きな悪党だっているよ。いや、大概の悪党って奴らは、自分の身の周りだけは綺麗にするもんだ。隣が汚れようが、道が塵芥《ちりあくた》だらけになろうが

知ったことじゃない。でも、自分の着物だけは汚れるのが嫌なんだよ」

「そんなものですか」

「ああ、そうだよ……」

「だとしたら、私も少しは考え方を変えなければなりませんね。勉強になりました」

「からかってるのかい？」

やはり卑しげな目で見上げるお篠へ、

「違います。でも、やはり、あなたは悪人じゃない」

と薙左は淡々と続けた。

「父も船手同心でしたからね、私も数少ないが、色々な咎人を見てきました。信じていることに、嘘はない」

「信じてる？」

「はい。あの弁三という男を信じ切っているということだけは、嘘じゃない。そう感じました」

「……だから何さ」

図星を指されたのであろうか、お篠は困惑したように俯いて、細い指先を絡めて弄《もてあそ》んでいた。

――信頼をしてる。

そんな本音を突かれると、本当なら喜びそうなものだが、お篠が素直になれないのは、相手の弁三も同じ気持ちかどうかは、確信が持てないからであった。

「相手が誰であれ、人を信じるということは、あなたの心が綺麗だからだ。子供を助けた時みたいにね」

「ばかだねえ。あれはとっさにやっただけで、私は別に……」

「そう、とっさにやったこと。だからこそ、私はあなたを信じた。人間の本性というのは、そのとっさの時に出るんですよ」

「………」

「あなたは、弁三が悪い奴だと承知して信頼している。でも、相手はそうでもありませんよ。あなたのことを殺しても平気な人ですから」

「そんな、何をばかな」

「その証に、薬が見つかった。弁三の荷の中から、今まで女房やおくみを殺したのと同じ薬がね」

「嘘よッ！　私には……私には手をかける人じゃないッ」

お篠は自分でも幻滅するくらいに、胸の中がくしゃくしゃになってきた。まだまだ世間を知らない若造に、心の奥を見抜かれていることが、である。本当は信じたいだけなのかもしれない。

「今、私には……って言いましたね」

薤左は静かなまなざしで問いかけた。

「えっ」

「どういう意味でしょうか。私には手をかけない。他は手をかけたってことかい？」

「そ、そんな……」

お篠は半ば狼狽の顔を見せたが、きっぱりと言った。

「そんな騙しには乗りませんよ」

その時、窮屈な音を立てて襖《ふすま》が開き、加治が顔を出した。余裕の笑みさえ浮かべており、薤左にはいつもより横柄な態度に見えた。

「どうだ。ちったあ話したか」

「あ、いえ……」

薤左が言いかけた時、加治は土間まで降りて、お篠の前にしゃがみ込み、

「弁三はすっかり吐いちまったぜ」

「！……………」

「だから、おまえも知ってることは、素直にすべて話すことだな。でないと、おまえも一緒に刑場送りだ」

と加治は睨みつけて肩を摑んで、「なにしろ、弁三の奴は、すべておまえのためにやったことだと言った。越中屋の身代を奪ったことも、その上で女房を毒で殺したことも、水茶屋の娘おくみを殺したのもな」

お篠は衝撃を隠せなかったが、加治を食い入るように見つめて、

「騙しには乗りませんよ。そんな、ありもしないことを、あの人が言うわけありません。船手奉行の旦那方も随分、酷い手を使うンですね。危ない危ない……」

と薙左にも疑り深い目を向けた。

「危うく、若い旦那にコロリといっちゃうところだったわ」

加治がどこまで知っているか、確かめている顔である。

――そこまで、お篠は弁三を信じているのか。

薙左はそう感じると、悪党は悪党なりに〝誠意〟というものがあるのだなと、不思議と神妙な気分になった。

「カジスケ……あ、申し訳ありません、加治様」

「ふむ。俺をそう呼ぶとは、ちったあ船手に慣れた証だ」

「この女は何もしてませんよ」

「なんだと？」

「私にはそう言いました」

「馬鹿か、おまえは」

「本当に、この人は何もやっていません。ただ越中屋の主人に囲われていただけです。そうでしょ、お篠さん」

と薙左はムキになるでもなく、かといって捨て鉢でもなく、すべてを聞いたかのように振る舞って、「さっき、そうだと言ったじゃないですか。越中屋のことを、すべて信じてるって」

「…………」

「ですから、加治様。もし、越中屋が生駒の弁三なる奴だとしても、この女はまったく知らないことでございます」

「いや、こやつは弁三の女で……」

「違います。弁三なる者が、本当にこの女が悪さをしたというなら、今すぐ、二人を会わせて下さい」

薙左が端然と言い放つので、加治は戸惑いの色を隠せなかった。

「早乙女、何を言い出すのだ」

「この人は悪くない。越中屋を信じていただけの人だ。そうですよね、お篠さん」

「…………」

「お願いです。弁三が本当にすべてを話したのなら、二人を会わせてやって下さい。そしたら、分かりますよ。この女が私に嘘をついたかどうか。加治様、いいですか？」

と薙左は半ば強引に、お篠を連れて弁三の前に引きずり出そうとしたが、加治は承知しなかった。

「ちょっと来い、早乙女」

と控えの間まで腕を引いて声をひそめて、「貴様、何を考えておる。弁三が吐いたことにして叩けば、あの女はすぐに喋る。それが大きな証になることが分からぬのか」

「分かっております。だからこそ、二人を会わせたいのです。御免ッ」

薙左は素早く元の吟味部屋に戻ると、小さな中庭を隔ててあるもう一つの吟味部屋に、お篠を連れて行った。

土間には、弁三がふてくされた様子で座っている。

「お篠……」

何か言いかけるのを制して、薙左は弁三に淡々と語りかけた。

「すべては、この女が白状したよ」

「嘘よッ。騙されちゃダメ。私、何も言ってないから。おまえさんも言ってないよね」

「…………」

弁三は一瞬、腰を浮かせたが、ゆっくりと座り直して、じっとお篠を見た。

「本当よ。その加治という船手与力は、おまえさんが吐いたなんて嘘をついたのよ。そんなこと話すわけがないよね」

「…………」

「そうなんでしょ？　どうしたの。何か言ってよ、おまえさん……」

すると弁三は奥歯に痛みでも走ったように顰《しか》め面《つら》になった。しばらく俯いていたが、やがて呟き込むような笑いを洩らして、

「ばかだな、お篠……てめえから、俺たちが隠し事をしてると話してるようなもんじゃねえか」

と居直って胡座《あぐら》を組んだ。

「えっ」

わけが分からないと言うふうに、弁三を見ていたが、自分が洩らした言葉や態度から、悪事を働いたのは明白だと吐露したようなものだったと気づいた。

「おまえも、とっとと殺しときゃよかった……そしたら、俺一人で優雅に逃げられたんだ……いや、おまえとバッタリ出逢ったのが悪運の尽きだったのかね。ふはは」

弁三は腹の底から大笑いをしてから、意地の悪そうな目になって、「こうなったら、お篠。おまえも道連れだ。血の池地獄にまで引きずり込んでやるからな」

愕然と聞いているお篠は、じわりと涙すら浮かべている。信じ切っていた男に裏切られた。その無念さよりも、ろくでなしの人間を信じていた己が情けなかった。

「いや。この人は関わりない」

と薙左は平然とした顔で言った。

「お篠は、あんたを越中屋だと信じていただけです。身代を奪ったのも、おくみを殺したのも、すべて、おまえ一人でやったことだからね。自分の罪は自分であがなって下さい」

「なんだと、こわっぱ！」

いきり立つ肩をグイと押さえたのは、加治の方だった。

「やっと地金を出したな、弁三」

「…………」

「ここまでくりゃ自白は要《い》らねえよ。残されてる証だけでも、おまえを締め上げることはできる。遠山のお奉行も、すでに前の越中屋主人殺しについちゃ、手をかけた遊び人らを証人として捕まえたようだからな」

　捕方に引きずるように連れ去られる弁三を、お篠はもはや見ていなかった。赤らんだ目を擦《こす》ってから、薙左を振り向いて、

「あんたの言うとおりだ……信じちゃいけなかった男のようだね」

「いいえ。あなたは子供をとっさに助けられる、立派な人です」

「違うよ……あれは、雨が雪に変わったからだよ」

「え？」

「あの日は、冷たい雨がシトシト降ってね、嫌な気分だった。私はちょっとした盗み働きなんぞもしててね……ある問屋に入ろうとしてたんだけど、昼過ぎてから雪になったんだ……白いものみたら、なんだか気持ちが変わっちまってさ、盗みはやめた。そして気がついたら、水ン中で子供を……それだけの事さね」

「………」

「不思議なあんちゃんだねえ、あんた……」

一瞬だけ見つめると、そう言い残して、お篠も捕方に連れ去られていった。

その夜――

『あほうどり』で、ようやく新入りを迎える宴席を張ることになった。

お藤は腕によりをかけて、鯛と昆布の吸い物、里芋と海老の鯛包み焼き、かぶら煮から鯛飯など、めでたい席に相応しい料理を並べていたのだが、刻限になっても誰も現れない。

暖簾を分けて、表に出たり入ったりしていたさくらは、

「誰も来ないよ、もうッ。せっかく女将さんが、こんなご馳走を作ったのに。ねえ、ひどいったら、ありゃしない」

「また何か、大変な事が起きたんじゃないかしら」

「だからって……」

「みんなの身に何事もなきゃいいけどね」

心配そうに表を見やるお藤を見て、さくらは呆れ顔になって、

「女将さんて、ほんとに優しいんだね。加治さんに惚れてるから？　それとも、本当にただの親切？」

「ばかね。さ、いつ来るか分からないから、冷まさないようにしとかなきゃね」

お藤はそれでも何だか嬉しそうに、土鍋を炭火などで温めながら、

「このままじゃ、新入り歓迎じゃなくて、年忘れの宴になっちゃうかもね……しょうがないわねえ……」

と笑った。

その頃、薙左たち船手奉行の同心らは、仙台堀の舟という舟に不審火を放つ輩を、血眼《ちまなこ》になって追っていた。

ちらちらと小雪が舞う江戸の宵であった。

この作品は書き下ろしです。原稿枚数386枚（400字詰め）。

船手奉行《ふなてぶぎょう》うたかた日記《にっき》

いのちの絆《きずな》

井川香四郎《いかわこうしろう》

平成18年2月10日　初版発行
平成26年3月20日　4版発行

発行人――石原正康
編集人――菊地朱雅子
発行所――株式会社幻冬舎
〒151-0051東京都渋谷区千駄ヶ谷4-9-7
電話　03(5411)6222(営業)
　　　03(5411)6211(編集)
振替00120-8-767643
印刷・製本―中央精版印刷株式会社
装丁者――高橋雅之

幻冬舎時代小説文庫

ISBN4-344-40744-X　C0193　い-25-1